齋藤孝の声に出して書いておぼえる百人一首ドリル

明治大学文学部教授
齋藤孝

幻冬舎

はじめに

明治大学文学部教授《めいじだいがくぶんがくぶきょうじゅ》　齋藤孝《さいとうたかし》

百人一首《ひゃくにんいっしゅ》は日本文化《にっぽんぶんか》の華《はな》！

日本文化《にっぽんぶんか》が一本《いっぽん》の桜《さくら》の木《き》だとすると、百人一首《ひゃくにんいっしゅ》は満開《まんかい》の百《ひゃく》の花《はな》です。

百人一首《ひゃくにんいっしゅ》は、鎌倉時代《かまくらじだい》のはじめごろに、藤原定家《ふじわらのさだいえ(ていか)》という人《ひと》が百人《ひゃくにん》のすぐれた和歌《わか》を一人《ひとり》一《いっ》首《しゅ》ずつ集《あつ》めたものです。これが何百年《なんびゃくねん》もの間日本人《あいだにっぽんじん》に愛《あい》されて、現代《げんだい》まで人気《にんき》を失《うしな》わずに読《よ》みつがれてきました。これはすごいことです。

俳句《はいく》の場合《ばあい》、百人一句《ひゃくにんいっく》というのはうまく定着《ていちゃく》しませんでした。和歌《わか》は、藤原定家《ふじわらのさだいえ》が百人一首《ひゃくにんいっしゅ》にしてくれたおかげで、百人《ひゃくにん》のすぐれた和歌《わか》に親《した》しむことができるようになりました。

百人一首《ひゃくにんいっしゅ》には、日本人《にっぽんじん》の感性《かんせい》が歴史《れきし》として刻《きざ》まれているのです。わたしたちが桜《さくら》を見《み》て美《うつく》しいと思《おも》うのも、昔《むかし》の人《ひと》がそれを美《うつく》しいと思《おも》って歌《うた》にのこしてきたから、そう感《かん》じるのかもしれませんね。

百人一首《ひゃくにんいっしゅ》に楽《たの》しくふれよう

百人一首《ひゃくにんいっしゅ》は、まず自分《じぶん》の体《からだ》から音《おと》を発《はっ》してみる、つまり音読《おんどく》してみることが大切《たいせつ》です。そうすると、自分《じぶん》のことばとして声《こえ》が響《ひび》いてきます。

ただ棒読《ぼうよ》みするのではなくて、自分《じぶん》がつくった歌《うた》のように、節《ふし》をつけて朗々《ろうろう》と読《よ》んでみてください。抑揚《よくよう》のつけかたは、百人一首《ひゃくにんいっしゅ》のＣＤ《シーディー》や動画《どうが》を参考《さんこう》にしてみましょう。

次《つぎ》に、一文字一文字《ひともじひともじ》ていねいになぞり書《が》きして、和歌《わか》をおぼえます。昔《むかし》の人《ひと》が墨《すみ》で和歌《わか》を書《か》いて味《あじ》わったように、実際《じっさい》に手《て》を動《うご》かして、書《か》いて味《あじ》わうのです。

まずは和歌全体《わかぜんたい》を音読《おんどく》して、下《しも》の句《く》をなぞりましょう。百人一首《ひゃくにんいっしゅ》かるたでは、上《かみ》の句《く》が読《よ》み上《あ》げられ、下《しも》の句《く》が書《か》いてある札《ふだ》をとるスピードを競《きそ》います。

そのあとに、上《かみ》の句《く》と下《しも》の句《く》をセットでなぞりましょう。「ひ、さ、か、た、の」と、なぞりながら声《こえ》に出《だ》すと、ことばが体《からだ》にしみこみ、和歌《わか》をおぼえやすくなります。これが1ページ終《お》わったら、十回《じっかい》くらい音読《おんどく》してみましょう。音読《おんどく》すればするほど記憶《きおく》にのこります。

いくつかおぼえたら、おうちの人《ひと》の前《まえ》で発表《はっぴょう》してみるのもいいですね。

このドリルでは、思《おも》わずくすっと笑《わら》ってしまうような、おもしろいイラストをたくさん載《の》せています。イラストのおもしろさを、記憶《きおく》の糸《いと》にしてください。笑《わら》ったり、心《こころ》を和《なご》ませたりすると、それが楽《たの》しい記憶《きおく》としてのこります。

まずは和歌《わか》の意味《いみ》をしっかり理解《りかい》して、その意味《いみ》をアレンジしたイラストを見《み》て楽《たの》しんでください。勉強《べんきょう》は、できるだけ楽《たの》しくやったほうが気持《きも》ちがいいですよね。

このドリルで百人一首《ひゃくにんいっしゅ》をじっくり味《あじ》わいながら、日本語《にほんご》の美《うつく》しさにふれてくださいね。

もくじ

ページの見方《みかた》

①歌番号《うたばんごう》

和歌一首《わかいっしゅ》ずつにふられた番号《ばんごう》です。1から100まであります。

②和歌《わか》

まず、和歌全体《わかぜんたい》を声《こえ》に出《だ》して読《よ》みましょう。次《つぎ》に、少《すこ》しうすい色《いろ》で印刷《いんさつ》された下《しも》の句《く》をなぞって書《か》きましょう。（2B～3Bくらいのえん筆《ぴつ》が良《よ》いでしょう）

③作者《さくしゃ》について

歌《うた》を詠《よ》んだ人《ひと》の名前《なまえ》と、生《う》まれた年《とし》、亡《な》くなった年《とし》です。「坊主《ぼうず》めくり」という遊《あそ》びの役《やく》ごとに作者《さくしゃ》を三《みっ》つに分類《ぶんるい》しました。

……との

……ひめ

……ぼうず

④歌《うた》の意味《いみ》

歌《うた》の意味《いみ》を、現代《げんだい》のことばで書《か》いています。

⑤なぞり書《が》き

うすい色《いろ》で印刷《いんさつ》された和歌《わか》を、もう一度《いちど》、上《かみ》の句《く》も下《しも》の句《く》もなぞって書《か》きましょう。

かるた遊《あそ》びでも、下《しも》の句《く》をおぼえていると、札《ふだ》を見《み》つけやすくなるよ。だから、この本《ほん》ではまずは下《しも》の句《く》をなぞるんだ。

1

秋《あき》の田《た》の　かりほの庵《いお》の　とまをあらみ
わがころもでは　露《つゆ》にぬれつつ

天智天皇《てんじてんのう》
（六二六～六七一年）

まず声に出して読み、下の句をなぞって書こう

歌の意味

秋《あき》の田《た》んぼは、稲《いね》の収穫《しゅうかく》の時季《じき》だ。けものや鳥《とり》に田《た》をあらされないようにと、仮《かり》の小屋《こや》で番《ばん》をしていると、草《くさ》で編《あ》んだ屋根《やね》の目《め》があらいので、夜露《よつゆ》がもれて、わたしの衣《ころも》の袖《そで》がぬれ続《つづ》けているなあ。

上の句も下の句も書いておぼえよう

秋の田の　かりほの庵の　とまをあらみ
わがころもでは　露にぬれつつ

ここに注目！

収穫《しゅうかく》の秋《あき》になると、農民《のうみん》たちは昼間《ひるま》は田《た》で働《はたら》き、夜《よる》は鳥《とり》や動物《どうぶつ》から稲《いね》を守《まも》るために、仮小屋《かりごや》で見張《みは》り番《ばん》をしていたんだ。そんな農民《のうみん》たちの苦労《くろう》の多《おお》い生活《せいかつ》を思《おも》いやる歌《うた》だよ。

もとは作者不明《さくしゃふめい》の歌《うた》だったけど、「農民《のうみん》のつらさを思《おも》いやるような天皇《てんのう》であってほしい」という人々《ひとびと》の願《ねが》いから、天智天皇《てんじてんのう》がつくったとされたらしいんだ。

ことばのポイント

かりほの庵《いお》…稲《いね》の番《ばん》のために仮《かり》につくった小屋《こや》。「仮庵《かりいお》（仮《かり》の小屋《こや》）」と「刈《か》り穂《ほ》（刈《か》った稲穂《いなほ》）」をかけているという説《せつ》もある。

とまをあらみ…（草《くさ》を編《あ》んでつくった屋根《やね》の）むしろの目《め》があらいので。

12

※和歌《わか》の漢字《かんじ》・旧仮名《きゅうかな》づかいについては、基本的《きほんてき》には教育出版発行《きょういくしゅっぱんはっこう》『伝《つた》え合《あ》う言葉《ことば》 中学国語《ちゅうがくこくご》1』の表記《ひょうき》に従《したが》っています。

※和歌《わか》の読《よ》みがなについては、現代《げんだい》かなづかいで表記《ひょうき》しています。

⑥イラスト

和歌《わか》の世界《せかい》を、現代《げんだい》におきかえたギャグイラストです。楽《たの》しみながら和歌《わか》を覚《おぼ》えましょう。

⑦ここに注目《ちゅうもく》

和歌《わか》が詠《よ》まれた背景《はいけい》や、作者《さくしゃ》のこと、鑑賞《かんしょう》してほしい点《てん》などをまとめています。

⑧ことばのポイント

掛詞《かけことば》・枕詞《まくらことば》など、和歌《わか》で使《つか》われる表現《ひょうげん》や、難《むずか》しいことばについて解説《かいせつ》しています。

この本《ほん》の使《つか》い方《かた》

1 声《こえ》に出《だ》して読《よ》んでみよう

まずは、声《こえ》に出《だ》して読《よ》もう！
五《ご》・七《しち》・五《ご》・七《しち》・七《しち》のリズムで、
口《くち》を大《おお》きく開《ひら》いて、ゆっくり読《よ》むといいよ。
下《しも》の句《く》は二回読《にかいよ》むのがオススメ！

はるすぎて〜 なつきにけらし〜 しろたえの〜
ころも　ほすちょう あまのかぐやま〜
ころも　ほすちょう あまのかぐやま〜
下《しも》の句《く》は 二回読《にかいよ》むのが かっこいいぞ！

▲上《うえ》のじいちゃんたちが登場《とうじょう》するのは2「春過《はるす》ぎて」の歌《うた》。13ページを開《ひら》こう！

2 百人一首《ひゃくにんいっしゅ》を書《か》いてみよう

次《つぎ》に、下《しも》の句《く》をなぞってみよう。
それから、上《かみ》の句《く》、下《しも》の句《く》をすべてなぞろう。
2B〜3Bくらいの濃《こ》さのえん筆《ぴつ》が書《か》きやすいよ。
歌《うた》をおぼえるためにも、声《こえ》に出《だ》しながら書《か》こう！

「出《い》でし月《つき》、か、も」 自分《じぶん》のスミで お習字《しゅうじ》するでちゅ
人間《にんげん》のキミは えん筆《ぴつ》で この本《ほん》に 直接書《ちょくせつか》こう！ この宇宙人《うちゅうじん》の まねはしなくて いいんだからね！

▲ふしぎな宇宙人《うちゅうじん》が登場《とうじょう》するのは7「天《あま》の原《はら》」の歌《うた》。18ページを見《み》よう！

← まだ続《つづ》くよ！

3 力《ちから》だめしにチャレンジ！

十首《じっしゅ》終《お》わると、「力《ちから》だめし」のページがあるよ。
上《かみ》の句《く》を読《よ》んで、下《しも》の句《く》を選《えら》ぶのはかるた遊《あそ》びの基本《きほん》！
掛詞《かけことば》や枕詞《まくらことば》を選《えら》ぶ問題《もんだい》もやってみよう。
気楽《きらく》にチャレンジしてみよう！

ゴ〜ッ！
う〜、燃《も》える！ ぜったいに全問正解《ぜんもんせいかい》するぞ！
いや、テストじゃないから、そんなに気合《きあ》い入《い》れなくていいよ

▲野球少年《やきゅうしょうねん》とマネージャーが登場《とうじょう》するのは82「思《おも》ひわび」の歌《うた》。109ページでも熱《あつ》い！

4 さくいんも使《つか》ってみよう

「上《かみ》の句《く》や、下《しも》の句《く》のはじまりだけ思《おも》い出《だ》したけど、
和歌全体《わかぜんたい》が思《おも》い出《だ》せない……」なんてときは、
さくいんが便利《べんり》！　歌人《かじん》の名前《なまえ》でも探《さが》せるよ。
さくいんで何《なん》ページに載《の》っているか調《しら》べてみよう！

「あまつかぜ、あまつかぜ…」え〜っと、あとが思《おも》い出《だ》せないよ
TNN48
そんなときは上《かみ》の句《く》さくいんがいいんだよ〜！
お〜さくいん、グッジョブ!!

▲少年《しょうねん》とアイドルTNN48が登場《とうじょう》するのは12「天《あま》つ風《かぜ》」の歌《うた》。25ページで会《あ》えるぞ！

和《わ》歌《か》を楽《たの》しむために知《し》っておきたいことば

枕詞《まくらことば》……あることばを導《みちび》くため、その前《まえ》に置《お》かれることば。

掛詞《かけことば》……音《おん》は同《おな》じだが意味《いみ》がちがう同音異義《どうおんいぎ》を利用《りよう》して、一《ひと》つのことばに二《ふた》つ以上《いじょう》の意味《いみ》を持《も》たせたことば。

序詞《じょことば》……あることばを導《みちび》いたり、それをかざったりすることば。枕詞《まくらことば》は決《き》まっているが、序詞《じょことば》は作《さく》者《しゃ》が自由《じゆう》につくる。

歌枕《うたまくら》……和歌《わか》に多《おお》く詠《よ》みこまれる地名《ちめい》。特定《とくてい》の連想《れんそう》をうながすことも多《おお》い。

縁語《えんご》……一首《いっしゅ》の中《なか》に詠《よ》みこまれた関連《かんれん》のあることば。深《ふか》い味《あじ》わいを生《う》み出《だ》す。

上《かみ》**の句**《く》

初句《しょく》（一句《いっく》）　秋《あき》の田《た》の
二句《にく》　かりほの庵《いお》の
三句《さんく》　とまをあらみ

下《しも》**の句**《く》

四句《よんく》　わがころもでは
結句《けっく》（五句《ごく》）　露《つゆ》にぬれつつ

さあ　いっしょに
がんばりましょーー!!

1

秋《あき》の田《た》の かりほの庵《いお》の とまをあらみ わがころもでは 露《つゆ》にぬれつつ

まず声に出して読み、下の句をなぞって書こう

歌の意味

秋《あき》の田《た》んぼは、稲《いね》の収穫《しゅうかく》の時《じ》季《き》だ。けものや鳥《とり》に田《た》をあらされないようにと、仮《かり》の小屋《こや》で番《ばん》をしていると、草《くさ》で編《あ》んだ屋根《やね》の目《め》があらいので、夜露《よつゆ》がもれて、わたしの衣《ころも》の袖《そで》がぬれ続《つづ》けているなあ。

上の句も下の句も書いておぼえよう

秋の田の かりほの庵の とまをあらみ
わがころもでは 露にぬれつつ

天智天皇《てんじてんのう》（六二六〜六七一年《ねん》）

ここに注目！

収穫《しゅうかく》の秋《あき》になると、農民《のうみん》たちは昼《ひる》間《ま》は田《た》で働《はたら》き、夜《よる》は鳥《とり》や動物《どうぶつ》から稲《いね》を守《まも》るために、仮小屋《かりごや》で見張《みは》り番《ばん》をしていたんだ。そんな農民《のうみん》たちの苦《く》労《ろう》の多《おお》い生活《せいかつ》を思《おも》いやる歌《うた》だよ。

もとは作者不明《さくしゃふめい》の歌《うた》だったけど、「農民《のうみん》のつらさを思《おも》いやるような天《てん》皇《のう》であってほしい」という人々《ひとびと》の願《ねが》いから、天智天皇《てんじてんのう》がつくったとされたらしいんだ。

ことばのポイント

かりほの庵《いお》…稲《いね》の番《ばん》のために仮《かり》につくった小屋。「仮庵《かりいお》（仮《かり》の小屋《こや》）」と「刈《か》り穂《ほ》（刈《か》った稲穂《いなほ》）」をかけているという説《せつ》もある。

とまをあらみ…（草《くさ》を編《あ》んでつくった屋根《やね》の）むしろの目《め》があらいので。

2

春《はる》過《す》ぎて 夏来《なつき》にけらし 白妙《しろたえ》の 衣《ころも》ほすてふ《ちょう》 天《あま》の香具山《かぐやま》

まず声に出して読み、下の句をなぞって書こう

歌の意味

いつの間《ま》にか春《はる》が過《す》ぎて、夏《なつ》になったらしい。
夏《なつ》になると真《ま》っ白《しろ》な衣《ころも》が干《ほ》されているという天《あま》の香具山《かぐやま》よ。

じいちゃんの真《ま》っ白《しろ》なふんどしが干《ほ》してある
夏《なつ》が来たなあ
夏はコレ!!

上の句も下の句も書いておぼえよう

春過ぎて 夏来にけらし 白妙の
衣ほすてふ 天の香具山

持統天皇《じとうてんのう》
（六四五～七〇二年《ねん》）

ここに注目！

この歌《うた》を詠《よ》んだ持統天皇《じとうてんのう》は、前《まえ》の「秋《あき》の田《た》の」の作者《さくしゃ》・天智天皇《てんじてんのう》の娘《むすめ》で、藤原京《ふじわらきょう》を開《ひら》いた実行力《じっこうりょく》のある女帝《じょてい》だよ。天《あま》の香具山《かぐやま》は、藤原京《ふじわらきょう》の東《ひがし》にある聖《せい》なる山《やま》なんだ。

山《やま》の緑《みどり》に白《しろ》い衣《ころも》が映《は》えるというすがすがしい初夏《しょか》の風景《ふうけい》が、目《め》に浮《う》かぶように描《えが》かれているよ。春《はる》から夏《なつ》への季節《きせつ》の変化《へんか》を、色《いろ》を使《つか》ってうまく表《あらわ》した歌《うた》だね。

ことばのポイント

来《き》にけらし…来《き》たらしい。
白妙《しろたえ》の…「衣《ころも》」「袖《そで》」「雪《ゆき》」などにかかる枕詞《まくらことば》。真《ま》っ白《しろ》なという意味《いみ》。
てふ《ちょう》…「～という」の意味《いみ》。

あしびきの　山鳥《やまどり》の尾《お》の　しだり尾《お》の
ながながし夜《よ》を　ひとりかも寝《ね》む《ん》

柿本人麻呂《かきのもとのひとまろ》
（生没年不明《せいぼつねんふめい》）

まず声に出して読み、
下の句をなぞって書こう

歌の意味

山鳥《やまどり》（オスとメスが昼間《ひるま》は共《とも》にいるが、夜《よる》には谷《たに》をへだてて別々《べつべつ》に寝《ね》るといわれていた）のあの長《なが》くたれ下《さ》がった尾《お》のように、秋《あき》の長《なが》い長《なが》い夜《よる》を、たった一人《ひとり》で寝《ね》るのだろうか。さびしいなあ。

彼女《かのじょ》に会《あ》えない
夜《よる》は長《なが》く感《かん》じる…
何《なに》これ
山鳥《やまどり》の尾《お》
超長《ちょうなが》い〜
ウケる！
MY TV

上の句も下の句も
書いておぼえよう

あしびきの　山鳥の尾の　しだり尾の
ながながし夜を　ひとりかも寝む

ここに注目！

柿本人麻呂《かきのもとのひとまろ》は歌《うた》をつくるのが仕事《しごと》の宮廷歌人《きゅうていかじん》だったんだ。一人《ひとり》で寝《ね》るのはだれでもさびしいけれど、その気持《きも》ちを歌《うた》にまとめ上《あ》げるとは、さすが万葉集《まんようしゅう》の代表的《だいひょうてき》な歌人《かじん》だね。

上《かみ》の句《く》で四回《よんかい》もくり返《かえ》される「の」や、「ながながし夜《よ》」という言《い》い回《まわ》しが、恋人《こいびと》のそばで寝《ね》ることができない夜《よる》の長《なが》さを、効果的《こうかてき》に表現《ひょうげん》しているんだね。

ことばのポイント

あしびきの…「山《やま》」にかかる枕詞《まくらことば》。
しだり尾《お》…たれ下《さ》がった尾《お》。
ながながし…長《なが》い長《なが》い。秋《あき》の夜《よる》が長《なが》いことを、山鳥《やまどり》の尾《お》が長《なが》いことにたとえている。「あしびきの〜しだり尾《お》の」までが「ながながし」を導《みちび》き出《だ》す序詞《じょことば》。

4

田子《たご》の浦《うら》に うち出《い》でて見《み》れば 白妙《しろたえ》の
富士《ふじ》の高嶺《たかね》に 雪《ゆき》は降《ふ》りつつ

山部赤人《やまべのあかひと》
（生没年不明《せいぼつねんふめい》）

まず声に出して読み、
下の句をなぞって書こう

歌の意味

田子《たご》の浦《うら》の、ながめの良《よ》いところに出《で》て見上《みあ》げると、真《ま》っ白《しろ》な富士山《ふじさん》の高《たか》いところに雪《ゆき》が降《ふ》り続《つづ》いているなあ。

感動《かんどう》した！
雪《ゆき》が積《つ》もった富士山《ふじさん》はなんてきれいなんだ!!

ここに注目！

田子《たご》の浦《うら》からでは、実際《じっさい》に山《やま》の上《うえ》のほうに雪《ゆき》が降《ふ》るようすは見《み》えないけれど、天《てん》から雪《ゆき》が舞《ま》っているのが感《かん》じられるね。万葉集《まんようしゅう》のもとの歌《うた》では、「田子《たご》の浦《うら》に」は「田子《たご》の浦《うら》ゆ」、「白妙《しろたえ》の」は「真白《ましろ》にぞ」、「雪《ゆき》は降《ふ》りつつ」は「雪《ゆき》は降《ふ》りける」だったんだ。

ことばのポイント

田子《たご》の浦《うら》…いまの静岡県《しずおかけん》にある、駿河湾《するがわん》の海岸《かいがん》。
白妙《しろたえ》の…ここでは「富士《ふじ》」にかかる枕詞《まくらことば》。
高嶺《たかね》…山《やま》の頂《いただき》。高《たか》いところ。

上の句も下の句も
書いておぼえよう

田子の浦に うち出でて見れば 白妙の
富士の高嶺に 雪は降りつつ

奥山《おくやま》に　紅葉《もみじ》踏《ふ》み分《わ》け　鳴《な》く鹿《しか》の　声《こえ》聞《き》く時《とき》ぞ　秋《あき》は悲《かな》しき

猿丸大夫《さるまるたいふ》
（生没年不明《せいぼつねんふめい》）

まず声に出して読み、下の句をなぞって書こう

歌の意味

人里《ひとざと》からはなれた奥深《おくぶか》い山《やま》で、紅葉《もみじ》の葉《は》を踏《ふ》み分《わ》けながら鳴《な》く鹿《しか》の声《こえ》が聞《き》こえる。

そんなときにこそ、秋《あき》の物悲《ものがな》しさをいっそう感《かん》じるなあ。

キューン
しかせんべい
鹿《しか》が物悲《ものがな》しく鳴《な》いてる…
秋《あき》はせつないな

上の句も下の句も書いておぼえよう

奥山に　紅葉踏み分け　鳴く鹿の
声聞く時ぞ　秋は悲しき

ここに注目！

鹿《しか》は相手《あいて》を求《もと》めて「キューン」と鳴くことがあるそうだよ。物悲しげな鳴き声《ごえ》に、秋《あき》の山奥《やまおく》のさびしさと自分《じぶん》の心《こころ》のさびしさを重《かさ》ね合《あ》わせているんだ。

紅葉《もみじ》はきれいだけれど、さびしくもある。日本人《にっぽんじん》は、こうした季節《きせつ》の移《うつ》り変《か》わりと心《こころ》の動《うご》きを対応《たいおう》させて表現《ひょうげん》することが得意《とくい》なんだね。

ことばのポイント

奥山《おくやま》…奥深《おくぶか》い山《やま》。

紅葉《もみじ》…赤《あか》や黄色《きいろ》に色《いろ》づいた葉《は》のこと。

鳴《な》く鹿《しか》…メスの鹿《しか》を求《もと》めて鳴《な》くオスの鹿《しか》のこと。

6

かささぎの 渡《わた》せる橋《はし》に 置《お》く霜《しも》の 白《しろ》きを見《み》れば 夜《よ》ぞ更《ふ》けにける

中納言家持《ちゅうなごんやかもち》
（七一八ごろ～七八五年《ねん》）

まず声に出して読み、下の句をなぞって書こう

歌の意味

かささぎが、つばさを広《ひろ》げて天《あま》の川《がわ》にかけたという橋《はし》。その橋《はし》にたとえられる宮中《きゅうちゅう》の御階《みはし》（階段《かいだん》）に霜《しも》が降《お》りて、真《ま》っ白《しろ》になっているのを見《み》ると、夜《よる》もすっかり更《ふ》けたのだと思《おも》う。

上の句も下の句も書いておぼえよう

かささぎの 渡せる橋に 置く霜の
白きを見れば 夜ぞ更けにける

霜《しも》が降《お》りた階段《かいだん》が
かささぎが天《あま》の川《がわ》にかけた橋《はし》みたい…
わたしってば、し・じ・ん！

ここに注目！

かささぎは、からすより少《すこ》し小《ちい》さくて羽《はね》のつけ根《ね》や先端《せんたん》などが白《しろ》い鳥《とり》。それがならんで天《あま》の川《がわ》にかかる橋《はし》となり、織姫《おりひめ》と彦星《ひこぼし》が会《あ》えたというのが中国《ちゅうごく》に伝《つた》わる七夕伝説《たなばたでんせつ》だよ。

この歌《うた》では、宮中《きゅうちゅう》の階段《かいだん》を天《てん》の橋《はし》に、冬《ふゆ》の霜《しも》を天《あま》の川《がわ》に重《かさ》ね合《あ》わせているんだ。この二《ふた》つが組《く》み合《あ》わさって幻想的《げんそうてき》な冬《ふゆ》の夜《よる》のイメージを生《う》み出《だ》しているんだね。

ことばのポイント

かささぎ…カラス科《か》の鳥《とり》。

橋《はし》…かささぎがつくる「橋《はし》」と、宮中《きゅうちゅう》の「御階《みはし》（階段《かいだん》のこと）」をかけている。

夜《よ》ぞ更《ふ》けにける…すっかり夜《よる》も更《ふ》けて（深夜《しんや》になって）しまったのだなあ。

7

天《あま》の原《はら》 ふりさけ見《み》れば 春日《かすが》なる
三笠《みかさ》の山《やま》に 出《い》でし月《つき》かも

まず声に出して読み、下の句をなぞって書こう

歌の意味

大空《おおぞら》をはるかにあおぎ見《み》たら、月《つき》が出《で》ている。
あの月《つき》は、ふるさとの春日《かすが》にある、三笠山《みかさやま》の上《うえ》に出《で》ていた月《つき》と同《おな》じかもしれないなあ。

上の句も下の句も書いておぼえよう

天の原 ふりさけ見れば 春日なる
三笠の山に 出でし月かも

ふるさとで見《み》た月《つき》と同《おな》じ月《つき》でチュ
じ〜ん
地球《ちきゅう》の近《ちか》くの星《ほし》から地球《ちきゅう》に潜入中《せんにゅうちゅう》の宇宙人《うちゅうじん》

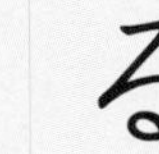

阿倍仲麻呂《あべのなかまろ》
（六九八ごろ〜七七〇年《ねん》）

ここに注目！

阿倍仲麻呂《あべのなかまろ》は留学生《りゅうがくせい》として唐《とう》（いまの中国《ちゅうごく》）にわたり、約三十年《やくさんじゅうねん》も過《す》ごしたんだ。いよいよ日本《にっぽん》に帰《かえ》ることになって、別《わか》れの宴《うたげ》が開《ひら》かれたときに詠《よ》んだのがこの歌《うた》だといわれているよ。

日本《にっぽん》のことを思《おも》い出《だ》すのは、遠《とお》くはなれた海外《かいがい》にいるからこそ。月《つき》を見上《みあ》げながら、故郷《こきょう》の三笠山《みかさやま》の月《つき》を思《おも》い出《だ》す。帰国船《きこくせん》が難破《なんぱ》し、ついに仲麻呂《なかまろ》は日本《にっぽん》に戻《もど》れなかった。それを知《し》ると、胸《むね》にしみるね。

ことばのポイント

天《あま》の原《はら》…ひろびろとした大空《おおぞら》。
ふりさけ見《み》れば…はるかにあおぎ見《み》たら。
三笠《みかさ》の山《やま》…奈良県《ならけん》の春日大社《かすがたいしゃ》のすぐ裏手《うらて》にある山《やま》。御笠山《みかさやま》とも書《か》く。

8

わが庵《いお》は　都《みやこ》のたつみ　しかぞ住《す》む　世《よ》をうぢ山《やま》と　人《ひと》はいふなり

まず声に出して読み、下の句をなぞって書こう

歌の意味

わたしは、都《みやこ》の東南《とうなん》（たつみの方角《ほうがく》）にあるすまいで、このようにおだやかに暮《く》らしています。

世間《せけん》の人《ひと》は、（わたしが）世《よ》の中《なか》がつらくなって宇治山《うじやま》にこもっていると言《い》っているらしいですが……。

あいつ田舎《いなか》に一人《ひとり》で住《す》みはじめたらしいな
人《ひと》づきあいとかイヤになったのかな…
株
ネットがあればなんでもできるし～

上の句も下の句も書いておぼえよう

わが庵は　都のたつみ　しかぞ住む
世をうぢ山と　人はいふなり

喜撰法師《きせんほうし》（生没年不明《せいぼつねんふめい》）

ここに注目！

キミはお気《き》に入《い》りの場所《ばしょ》ってあるかな？　キッチンのテーブル、ベッドの上《うえ》、トイレ……。安心《あんしん》できる場所《しょ》ってあるよね。

この歌《うた》に詠《よ》まれた宇治山《うじやま》は、喜撰《きせん》法師《ほうし》のお気《き》に入《い》りのすみかだったんだ。だから、世間《せけん》の人《ひと》に「つらい世《よ》の中《なか》からはなれて住《す》んでいる」なんて言《い》われても気《き》にしない。掛詞《かけことば》で上手《じょうず》に表現《ひょうげん》した歌《うた》だよ。

ことばのポイント

たつみ…東南《とうなん》の方角《ほうがく》。

しかぞ住む…このように住《す》んでいる、という意味《いみ》。

うぢ…世《よ》の中《なか》をつらく感《かん》じるという意味《いみ》の「憂《う》し」と、宇治山《うじやま》の「宇治《じ》」の掛詞《かけことば》。

9

花《はな》の色《いろ》は　移《うつ》りにけりな　いたづらに
わが身世《みよ》にふる　ながめせし間《ま》に

まず声に出して読み、下の句をなぞって書こう

歌の意味

桜《さくら》の花《はな》は、長雨《ながあめ》にあたる間《あいだ》に、いつの間《ま》にか色《いろ》あせてしまいましたね。

わたしも、ぼんやりと物思《ものおも》いにふけっている間《あいだ》に、美《うつく》しいときは過《す》ぎてしまいました。

たくさん恋《こい》してきたけど
すっかりおばあちゃんね…
今《いま》でもモテモテだけど
わしとゲートボールを

小野小町《おののこまち》（生没年不明《せいぼつねんふめい》）

ここに注目！

絶世《ぜっせい》の美女《びじょ》といわれた小野小町《おののこまち》が「自分《じぶん》の美《うつく》しさも物思《ものおも》いにふけるうちにおとろえてしまったわ」と詠《よ》んだ歌《うた》だよ。

奈良時代《ならじだい》は花《はな》といえば梅《うめ》だったんだけど、平安時代《へいあんじだい》になると桜《さくら》をさすようになったんだ。美《うつく》しく咲《さ》いた桜《さくら》が、長雨《ながあめ》にうたれて色《いろ》あせてしまったことを自分《じぶん》の容姿《ようし》に重《かさ》ねたんだ。掛詞《かけことば》がうまく使《つか》われているね。

ことばのポイント

いたづらに…むなしく。

ふる…「（雨《あめ》が）降《ふ》る」と「（時《とき》が）経《ふ》る」の掛詞《かけことば》。

ながめ…「眺《なが》め（物思《ものおも》いにふける）」と「長雨《ながあめ》」の掛詞《かけことば》。

上の句も下の句も書いておぼえよう

花の色は　移りにけりな　いたづらに
わが身世にふる　ながめせし間に

これやこの　行《ゆ》くも帰《かえ》るも　別《わか》れては　知《し》るも知《し》らぬも　逢坂《おうさか》の関《せき》

蝉丸《せみまる》
（生没年不明《せいぼつねんふめい》）

まず声に出して読み、下の句をなぞって書こう

歌の意味

これがあの、都《みやこ》から出《で》て行《い》く人《ひと》も都《みやこ》に帰《かえ》ってくる人《ひと》も、知《し》っている人《ひと》も知《し》らない人《ひと》も、別《わか》れてはまた出会《であ》うという、逢坂《おうさか》の関《せき》か。

上の句も下の句も書いておぼえよう

これやこの　行くも帰るも　別れては
知るも知らぬも　逢坂の関

遅刻《ちこく》ギリギリだぞ
蝉丸小学校
じ〜ん…
これがあの行《い》ったり帰《かえ》ったりのわが校門《こうもん》…

ここに注目！

蝉丸《せみまる》は、琵琶《びわ》という楽器《がっき》の名手《めいしゅ》。「坊主《ぼうず》めくり」では「坊主」に入《はい》ったり入らなかったりするから、ゲームを始《はじ》める前《まえ》に、どちらか決《き》めておかないといけないよ。

「逢坂《おうさか》の関《せき》」は交通《こうつう》の要所《ようしょ》だったんだ。人《ひと》が行《い》き来《き》する関所《せきしょ》を、人生《じんせい》の交差点《こうさてん》のようにたとえているよ。「これやこの」「行《ゆ》くも帰《かえ》るも」「知《し》るも知らぬも」と対《つい》になったことばを、リズム良《よ》く使《つか》った歌《うた》だね。

ことばのポイント

これやこの…これがあの、話《はなし》に聞《き》く。

逢坂《おうさか》の関《せき》…いまの滋賀県《しがけん》と京都府《きょうとふ》の境《さかい》にあった関所《せきしょ》。ここをこえると東国《ごく》とされたともいう。「逢《あ》う」の意味《い》も持《も》つ。

力《ちから》だめし①

答《こた》えは136ページ

1 上《かみ》の句《く》に続《つづ》く下《しも》の句《く》を選《えら》んで、（　）に記《き》号《ごう》を書《か》きましょう。

［上《かみ》の句《く》］

① 秋《あき》の田《た》の　かりほの庵《いお》の　とまをあらみ　（　）

② 春《はる》過《す》ぎて　夏《なつ》来《き》にけらし　白妙《しろたえ》の　（　）

③ あしびきの　山鳥《やまどり》の尾《お》の　しだり尾《お》の　（　）

④ 田子《たご》の浦《うら》に　うち出《い》でて見《み》れば　白妙《しろたえ》の　（　）

⑤ 奥山《おくやま》に　紅葉《もみじ》踏《ふ》み分《わ》け　鳴《な》く鹿《しか》の　（　）

⑥ かささぎの　渡《わた》せる橋《はし》に　置《お》く霜《しも》の　（　）

⑦ 天《あま》の原《はら》　ふりさけ見《み》れば　春日《かすが》なる　（　）

⑧ わが庵《いお》は　都《みやこ》のたつみ　しかぞ住《す》む　（　）

⑨ 花《はな》の色《いろ》は　移《うつ》りにけりな　いたづ《ず》らに　（　）

⑩ これやこの　行《ゆ》くも帰《かえ》るも　別《わか》れては　（　）

［下《しも》の句《く》］

㋐ 知《し》るも知《し》らぬも　逢坂《おうさか》の関《せき》

㋑ わがころもでは　露《つゆ》にぬれつつ

㋒ 声《こえ》聞《き》く時《とき》ぞ　秋《あき》は悲《かな》しき

㋓ 三笠《みかさ》の山《やま》に　出《い》でし月《つき》かも

㋔ 富士《ふじ》の高嶺《たかね》に　雪《ゆき》は降《ふ》りつつ

㋕ わが身《み》世《よ》にふる　ながめせし間《ま》に

㋖ 白《しろ》きを見《み》れば　夜《よ》ぞ更《ふ》けにける

㋗ 衣《ころも》ほすてふ《ちょう》　天《あま》の香具山《かぐやま》

㋘ 世《よ》をうぢ《じ》山《やま》と　人《ひと》はいふ《う》なり

㋙ ながながし夜《よ》を　ひとりかも寝《ね》む《ん》

2 歌の中《なか》のことばについて考《かんが》えます。

太字《ふとじ》のことばの意味《いみ》で正《ただ》しいものを一《ひと》つ選《えら》んで（　）に記号《きごう》を書《か》きましょう。

① 秋《あき》の田《た》の　**かりほの庵《いお》**の　とまをあらみ
わがころもでは　露《つゆ》にぬれつつ

㋐ 立派《りっぱ》な家《いえ》
㋑ 稲《いね》の番《ばん》のために仮《かり》につくった小屋《こや》
㋒ 道具《どうぐ》をしまうための倉庫《そうこ》

（　　）→⑫ページ

② **かささぎ**の　渡《わた》せる橋《はし》に　置《お》く霜《しも》の
白《しろ》きを見《み》れば　夜《よ》ぞ更《ふ》けにける

㋐ カラス科《か》の鳥《とり》
㋑ そまつなかさ
㋒ 宮中《きゅうちゅう》にある階段《かいだん》

（　　）→⑰ページ

★ことばの意味《いみ》や掛詞《かけことば》、枕詞《まくらことば》がわからないときは、→○のページを読《よ》んで確認《かくにん》しよう。

3 掛詞《かけことば》や枕詞《まくらことば》について、確《たし》かめます。

問《と》われていることばを一《ひと》つ選《えら》んで（　）に記号《きごう》を書《か》きましょう。

① わが ㋐庵《いお》 は　都《みやこ》の ㋑たつみ　しかぞ住《す》む
世《よ》を ㋒うぢ《じ》 山《やま》と　人《ひと》はいふ《う》なり

掛詞《かけことば》は（　　）→⑲ページ

② ㋐あしびきの　山鳥《やまどり》の尾《お》の　㋑しだり 尾《お》の
㋒ながながし 夜《よ》を　ひとりかも寝《ね》む《ん》

山《やま》の枕詞《まくらことば》は（　　）→⑭ページ

11

わたの原《はら》　八十島《やそしま》かけて　漕《こ》ぎ出《い》でぬと
人《ひと》には告《つ》げよ　海人《あま》の釣舟《つりぶね》

参議篁《さんぎたかむら》
（八〇二〜八五二年《ねん》）

まず声に出して読み、下の句をなぞって書こう

歌の意味

果《は》てしなく広《ひろ》い海《うみ》に浮《う》かぶたくさんの島々《しまじま》。わたしが、そこをめざして舟《ふね》を漕《こ》ぎ出《だ》して行《い》ったと、都《みやこ》に残《のこ》してきたあの人《ひと》に伝《つた》えておくれ、漁師《りょうし》たちの釣舟《つりぶね》よ。

オレ、自分《じぶん》さがしの旅《たび》に出《で》るから会《あ》えないってあの人《ひと》に伝《つた》えといて
わかった
たかむら君《くん》、会《あ》えないそうです
ほほぅ
パキポキ
授業《じゅぎょう》さぼったわね〜！

ここに注目！

隠岐島《おきのしま》へ島流《しまなが》しの刑《けい》となった小野篁《おののたかむら》（のちの参議篁《さんぎたかむら》）が、都《みやこ》に残《のこ》す人《ひと》へ詠《よ》んだ歌《うた》。もう戻《もど》ることはないかもしれないという気持《きも》ちが、瀬戸内《せとない》海《かい》に見《み》える島々《しまじま》の風景《ふうけい》に重《かさ》ねられた、悲《かな》しい覚悟《かくご》が感《かん》じられる歌《うた》だね。

でも、篁《たかむら》は二年後《にねんご》に許《ゆる》されて都《みやこ》に戻《もど》り、のちには参議《さんぎ》という高《たか》い位《くらい》にのぼりつめたんだ。島流《しまなが》しをたえてがんばったんだね。

ことばのポイント

わたの原《はら》…「わた」は海《うみ》の古《ふる》い言《い》い方《かた》。果《は》てしなく続《つづ》く広《ひろ》い海《うみ》のこと。

八十島《やそしま》かけて…「八十《やそ》」は、たくさんのという意味《いみ》。「かけて」は、めざしてという意味《いみ》。

上の句も下の句も書いておぼえよう

わたの原　八十島かけて　漕ぎ出でぬと
人には告げよ　海人の釣舟

天《あま》つ風《かぜ》 雲《くも》の通《かよ》ひ路《じ》 吹《ふ》きとぢ《じ》よ をとめ《お》の姿《すがた》 しばしとどめむ《ん》

僧正遍昭《そうじょうへんじょう》
（八一六〜八九〇年《ねん》）

まず声に出して読み、下の句をなぞって書こう

歌の意味

空《そら》を吹《ふ》く風《かぜ》よ、天女《てんにょ》たちが天《てん》と地《ち》を行《い》き来《き》するときに通《とお》る雲《くも》の中《なか》の道《みち》をふさいで、帰《かえ》れないようにしておくれ。
美《うつく》しく舞《ま》う、この天女《てんにょ》のような少女《しょうじょ》たちの姿《すがた》を、もうしばらくここにとどめておきたいから。

てんにょ
TNN48
ライブが終《お》わってしまう！
アンコール
アンコール
天《アン》を吹《コ》く風《ール》よ
ライブを終《お》わらせないでくれ！
TNN48
TNN48

ここに注目！

「をとめ《お》の姿《すがた》」とは、天女《てんにょ》の姿《すがた》で舞《ま》いおどる少女《しょうじょ》のこと。これは、米《こめ》の収穫《しゅうかく》を祝《いわ》う新嘗祭《にいなめまつり》の翌日《よくじつ》開《ひら》かれる「豊明節会《とよあかりのせちえ》」という宴《うたげ》で奉納《ほうのう》された「五節《ごせち》の舞《まい》」を詠《よ》んだ歌《うた》なんだ。
この舞《まい》は、飛鳥時代《あすかじだい》の天武天皇《てんむてんのう》が吉野《よしの》に行《い》ったときに、天女《てんにょ》が空《そら》から降《お》りて舞《ま》ったという伝説《でんせつ》に基《もと》づいているよ。天女《てんにょ》たちが帰《かえ》っていく雲《くも》の道《みち》をふさいでほしいと思《おも》うほど素晴《すば》らしい舞《まい》だったんだね。

ことばのポイント

天《あま》つ風《かぜ》…空《そら》を吹《ふ》く風《かぜ》。
雲《くも》の通《かよ》ひ路《じ》…天上《てんじょう》と地上《ちじょう》を結《むす》ぶ、雲《くも》の中《なか》の通路《つうろ》。天女《てんにょ》たちが行《い》き来《き》するとされた。
をとめ《お》の姿《すがた》…天女《てんにょ》のように舞《ま》う少女《しょうじょ》たちの姿《すがた》。

上の句も下の句も書いておぼえよう

天つ風 雲の通ひ路 吹きとぢよ
をとめの姿 しばしとどめむ

筑波嶺《つくばね》の 峰《みね》より落《お》つる みなの川《がわ》 恋《こい》ぞつもりて 淵《ふち》となりぬる

まず声に出して読み、下の句をなぞって書こう

歌の意味

筑波山《つくばさん》の峰《みね》から流《なが》れ落《お》ちるみなの川《がわ》が、つもりつもって深《ふか》い淵《ふち》になるように、あなたを思《おも》うわたしの恋心《こいごころ》も、深《ふか》くつもって淵《ふち》のようになってしまいました。

この川《かわ》の深《ふか》さが君《きみ》への思《おも》いの深《ふか》さだー！
たすけて〜
何《なに》してるのよ…！
思ったより深い〜

上の句も下の句も書いておぼえよう

筑波嶺の 峰より落つる みなの川
恋ぞつもりて 淵となりぬる

陽成院《ようぜいいん》（八六八〜九四九年《ねん》）

ここに注目！

相手《あいて》を好《す》きだという恋心《こいごころ》が、だんだんとつのって川《かわ》の深《ふか》い淵《ふち》のようになったという歌《うた》だね。思《おも》いの深《ふか》さを川《かわ》の深《ふか》さにたとえているよ。

直接《ちょくせつ》「とても好《す》きだ」と言《い》うよりも、こうして深《ふか》まる心《こころ》のうちを歌《うた》に詠《よ》んで伝《つた》えるのが、この時代《じだい》のやり方《かた》。気持《きも》ちを伝《つた》えるときでも、教養《きょうよう》が必要《ひつよう》だったんだね。

ことばのポイント

筑波嶺《つくばね》…茨城県《いばらきけん》にある筑波山《つくばさん》。

みなの川《がわ》…筑波山《つくばさん》を源《みなもと》として流《なが》れる川《かわ》。男女川《みなのがわ》とも書《か》く。初句《しょく》からここまでが序詞《じょことば》。

淵《ふち》…流《なが》れがよどんで、水《みず》が深《ふか》くたまっているところ。「川《かわ》」の縁語《えんご》。

14

陸奥《みちのく》の　しのぶもぢ《じ》ずり　誰《たれ》ゆゑ《え》に
乱《みだ》れそめにし　われならなくに

まず声に出して読み、下の句をなぞって書こう

歌の意味

東北地方《とうほくちほう》の、信夫《しのぶ》の里《さと》で作《つく》られる「しのぶもじずり（しのぶ草《ぐさ》で染《そ》めた衣《ころも》）」の乱《みだ》れ模様《もよう》のように、わたしの心《こころ》は乱《みだ》れはじめている。それは、自分《じぶん》のせいではなく、あなたのせいなのです。

テスト期間中《きかんちゅう》
君《きみ》に会《あ》えなかったせいで
0点《てん》を取《と》って
しまったよ
ま゛あ〜
僕《ぼく》の心《こころ》を
乱《みだ》れさせた
いけない子《こ》だ
コツン
きゃあ♥

上の句も下の句も書いておぼえよう

陸奥の　しのぶもぢずり　誰ゆゑに
乱れそめにし　われならなくに

河原左大臣《かわらのさだいじん》
（八二二～八九五年《ねん》）

ここに注目！

東北《とうほく》・信夫地方《しのぶちほう》の名産《めいさん》「しのぶもじずり」という乱《みだ》れ模様《もよう》の染《そ》め物《もの》と、恋《こい》にかき乱《みだ》れる自分《じぶん》の心《こころ》を重《かさ》ねているよ。女性《じょせい》から「会《あ》いにいらっしゃいませんね。心変《こころが》わりされたのですか？」と問《と》われて、返《かえ》した歌《うた》。

「わたしの心《こころ》がこれほど乱《みだ》れるのは、あなたのせいですよ」と、自分《じぶん》の変《か》わらぬ心《こころ》を伝《つた》えて、相手《あいて》の心配《しんぱい》を打《う》ち消《け》したんだね。

ことばのポイント

陸奥《みちのく》…東北地方《とうほくちほう》の東側《ひがしがわ》。

しのぶもぢ《じ》ずり…しのぶ草《ぐさ》の汁《しる》で染《そ》めた、乱《みだ》れ模様《もよう》の衣《ころも》。ここまでが序《じょ》詞《ことば》。

乱《みだ》れそめにし…「そめ」は、「初《そ》め（はじめる）」と「染《そ》め」の掛詞《かけことば》。

15

君《きみ》がため　春《はる》の野《の》に出《い》でて　若菜《わかな》つむ　わが衣手《ころもで》に　雪《ゆき》は降《ふ》りつつ

光孝天皇《こうこうてんのう》（八三〇～八八七年《ねん》）

まず声に出して読み、下の句をなぞって書こう

歌の意味

あなたに差《さ》し上《あ》げるために、春《はる》の野《の》に出《で》て、若菜《わかな》をつんでいます。

わたしの着物《きもの》の袖《そで》には、雪《ゆき》が降《ふ》り続《つづ》けています。

母《かあ》ちゃんに若菜《わかな》つんで持《も》っていこう
兄《にい》ちゃん雪《ゆき》だ～!

上の句も下の句も書いておぼえよう

君がため　春の野に出でて　若菜つむ
わが衣手に　雪は降りつつ

ここに注目!

早春《そうしゅん》のまだ雪《ゆき》が降《ふ》っている野原《のはら》で、おかゆにして食《た》べるための若菜《わかな》をつみ、それにそえて贈《おく》った歌《うた》だよ。

自分《じぶん》の心《こころ》を、形《かたち》にして相手《あいて》に伝《つた》えるのがプレゼントだね。「これをあげると、喜《よろこ》んでもらえるかな?」と考《かんが》える時間《じかん》も楽《たの》しいよね。

雪《ゆき》が降《ふ》る寒《さむ》さの中《なか》で、だれかのために若菜《わかな》をつんでいる情景《じょうけい》を想像《そうぞう》してみよう。

ことばのポイント

若菜《わかな》…早春《そうしゅん》に芽《め》を出《だ》す、せり・なずななどの新芽《しんめ》の総称《そうしょう》。食用《しょくよう》・薬用《やくよう》にする。

衣手《ころもで》…着物《きもの》の袖《そで》。

16

立《た》ち別《わか》れ　いなばの山《やま》の　峰《みね》に生《お》ふ《う》る　まつとし聞《き》かば　今《いま》帰《かえ》り来《こ》む《ん》

中納言行平《ちゅうなごんゆきひら》（八一八～八九三年《ねん》）

まず声に出して読み、下の句をなぞって書こう

歌の意味

わたしはあなた方《がた》と別《わか》れていなばの国《くに》に行《い》きますが、そこの稲葉山《いなばやま》に生《は》えている松《まつ》のように、あなた方《がた》が「待《ま》っている」と言《い》うのならば、すぐにでも帰《かえ》ってきますよ。

いなばの山《やま》に往《い》なば（行《い》ったとしても）
松《まつ》のように待《ま》っててくれると　うれしいYO《ヨ》！
チェケラ
USA ウサ
Yo! Yo!

上の句も下の句も書いておぼえよう

立ち別れ　いなばの山の　峰に生ふる
まつとし聞かば　今帰り来む

ここに注目！

いなばの国《くに》で働《はたら》くことになり、旅立《たびだ》つ中納言行平《ちゅうなごんゆきひら》。仲間《なかま》が見送《みおく》りに来《き》て名残《なごり》を惜《お》しんでいると、「わたしを『待《ま》つ』というあなた方《がた》のことを思《おも》い出《だ》して、すぐにでも帰《かえ》ってきます」と歌《うた》って残《のこ》したんだ。

松《まつ》は「待つ」と同《おな》じ音《おん》だから、よく掛詞《かけことば》として使《つか》われたよ。ここでも、稲葉山《いなばやま》の「松《まつ》」と、「待《ま》つ」がうまく重《かさ》ねられているね。

ことばのポイント

いなばの山《やま》…いなばの国《くに》（いまの鳥取県《とっとりけん》）にある稲葉山《いなばやま》。「往《い》なば（行《い》ってしまえば）」の掛詞《かけことば》。

まつ…「松《まつ》」と「待《ま》つ」の掛詞《かけことば》。

今《いま》…すぐに。

17

ちはやぶる　神代《かみよ》も聞《き》かず　竜田川《たつたがわ》
からくれなゐ《い》に　水《みず》くくるとは

まず声に出して読み、下の句をなぞって書こう

歌の意味

不思議《ふしぎ》なことの多《おお》かった神々《かみがみ》の時代《じだい》にも、こんなことは聞《き》いたことがありません。竜田川《たつたがわ》に散《ち》った紅葉《もみじ》で、流《なが》れゆく水《みず》が真《ま》っ赤《か》に染《そ》められたしぼり染《ぞ》めのようになるなんて。

上の句も下の句も書いておぼえよう

ちはやぶる　神代も聞かず　竜田川
からくれなゐに　水くくるとは

きれ〜
聞《き》いたことがなかったよ
紅葉《もみじ》が川《かわ》の水《みず》をしぼり染《ぞめ》にしてしまうなんて
うわー在原《ありわら》くんキザ〜
かっこつけちゃって〜
いや〜

在原業平朝臣《ありわらのなりひらあそん》（八二五〜八八〇年《ねん》）

ここに注目！

この歌《うた》は、マンガで知《し》っている人《ひと》もいるんじゃないかな。『千早振《ちはやふ》る』という落語《らくご》にもなっているほど有名《ゆうめい》な歌《うた》なんだ。

川一面《かわいちめん》に散《ち》った紅葉《もみじ》で、水《みず》が紅《くれない》に染《そ》まっているようすが描《えが》かれているけれど、実《じつ》は屏風《びょうぶ》の絵《え》を見《み》て詠《よ》んだ歌《うた》なんだよ。まさしく、絵《え》に描《か》いたような美《うつく》しさが思《おも》い浮《う》かぶんじゃないかな。

ことばのポイント

ちはやぶる…「神《かみ》」にかかる枕詞《まくらことば》。
神代《かみよ》…不思議《ふしぎ》なことの多《おお》かった神々《かみがみ》の時代《じだい》。
からくれなゐ《い》…あざやかな紅色《べにいろ》。
くくる…しぼり染《ぞ》めにする。

18

住《すみ》の江《え》の 岸《きし》に寄《よ》る波《なみ》 よるさへ《え》や
夢《ゆめ》の通《かよ》ひ《い》路《じ》 人目《ひとめ》よくらむ《ん》

まず声に出して読み、下の句をなぞって書こう

歌の意味

住《すみ》の江《え》の海岸《かいがん》に寄《よ》る波《なみ》ではないが、昼間《ひるま》だけでなく、夜《よる》の夢《ゆめ》の中《なか》でさえ、どうしてあなたは人目《ひとめ》を避《さ》けて、わたしに会《あ》いに来《き》てくれないのでしょう。

週刊誌《しゅうかんし》に見《み》つからないように…
そわ
夢《ゆめ》の中《なか》ぐらい堂々《どうどう》と会《あ》いたいのに
そわ

上の句も下の句も書いておぼえよう

住の江の 岸に寄る波 よるさへや
夢の通ひ路 人目よくらむ

藤原敏行朝臣《ふじわらのとしゆきあそん》
（不明《ふめい》～九〇一年《ねん》ごろ）

ここに注目！

夢《ゆめ》の中《なか》に好《す》きな人《ひと》が出《で》てくると、うれしいよね。昔《むかし》は、相手《あいて》が自分《じぶん》のことを思《おも》っているから夢《ゆめ》の中《なか》で会《あ》いに来《き》た、と考《かんが》えたんだ。

この歌《うた》は「最近《さいきん》あの人《ひと》は夢《ゆめ》にも出《で》てくれない。それほどまわりの目《め》を気《き》にしているのかしら」という歌《うた》。

「住《すみ》の江《え》の岸《きし》に寄《よ》る波《なみ》」が「夜《よる》」を導《みちび》き出《だ》す序詞《じょことば》で、自然《しぜん》の風景《ふうけい》に心《こころ》を重《かさ》ねているんだよ。

ことばのポイント

住《すみ》の江《え》…歌枕《うたまくら》。いまの大阪市住吉区《おおさかしすみよしく》の海岸《かいがん》。

よるさへ《え》や…夜《よる》までも。「よる」は、「夜《よる》」と「寄《よ》る（波《なみ》）」の掛詞《かけことば》。

よくらむ《ん》…「よく」は「避《さ》ける」の意味《いみ》。避《さ》けているのでしょうか。

19

難波潟《なにわがた》 短《みじか》き蘆《あし》の ふしの間《ま》も
逢《あ》は《わ》でこのよを 過《す》ぐしてよとや

まず声に出して読み、下の句をなぞって書こう

歌の意味

難波潟《なにわがた》に生《は》えている短《みじか》い蘆《あし》の、ふしとふしとの間《あいだ》くらいのわずかな時間《じかん》でもあなたに逢《あ》いたいのに、それもかなわずに、一生《いっしょう》を過《す》ごせというのですか。

この「ふし」の長《なが》さでいいから逢《あ》いたいのに

ちょっとでいいのよ

ちま
なんでこんな時間《じかん》もとれないの！
塾《じゅく》や習《なら》い事《ごと》でいそがしいんだよ！

上の句も下の句も書いておぼえよう

難波潟 短き蘆の ふしの間も
逢はでこのよを 過ぐしてよとや

伊勢《いせ》
（八七二ごろ～九三八年《ねん》ごろ）

ここに注目！

「好《す》きな人《ひと》に、少《すこ》しの時間《じかん》でも逢《あ》いたいのに、逢《あ》わずに生《い》きていけというのか」といううらみの歌《うた》。

女性《じょせい》から男性《だんせい》のもとへ逢《あ》いに行《い》くことができなかった時代《じだい》だから、好《す》きになっても、女性《じょせい》は待《ま》つしかなかったんだ。一度《いちど》は愛《あい》し合《あ》った仲《なか》なのに、逢《あ》いに来《こ》なくなった相手《あいて》を責《せ》める気持《きも》ちを歌《うた》にたくしているんだね。

ことばのポイント

難波潟《なにわがた》…大阪湾《おおさかわん》の入《い》り江《え》の部分《ぶぶん》。
蘆《あし》…水辺《みずべ》に生《は》えるイネ科《か》の植物《しょくぶつ》。
難波潟短き蘆の《なにわがたみじかきあしの》…「ふしの間《ま》」を導《みちび》き出《だ》すための序詞《じょことば》。
逢はで《あわで》…逢《あ》わずに。

わびぬれば　今《いま》はた同《おな》じ　難波《なにわ》なる
みをつくしても　逢《あ》は《わ》む《ん》とぞ思《おも》ふ《う》

まず声に出して読み、下の句をなぞって書こう

歌の意味

秘密《ひみつ》の恋《こい》に悩《なや》み苦《くる》しんでいるので、もうどうなろうと同《おな》じことです。難波《なにわ》にある「澪標《みおつくし》」のように、わが身《み》をほろぼしてでも、あなたにお逢《あ》いしたい。

アイドル好《ず》きなんだって
ヒソ
おこづかいを全部《ぜんぶ》グッズにつぎこんでいるみたいよ
ヒソ
どんな噂《うわさ》がたとうとも
僕《ぼく》はこの愛《あい》をつらぬくんだ！
LOVE

上の句も下の句も書いておぼえよう

わびぬれば　今はた同じ　難波なる
みをつくしても　逢はむとぞ思ふ

元良親王《もとよししんのう》（八九〇～九四三年《ねん》）

ここに注目！

「澪標《みおつくし》」は、舟《ふね》に方向《ほうこう》を示《しめ》すために海《うみ》に打たれたくいのこと。「身《み》をつくしても（自分《じぶん》が滅《ほろ》んでも）」と掛《か》けているんだね。

秘密《ひみつ》の恋《こい》の相手《あいて》とは、天皇《てんのう》が愛《あい》していたお后《きさき》さまだったんだ。許《ゆる》される相手《あいて》ではなかったよ。作者《さくしゃ》の元良《もとよし》親王《しんのう》は恋多《こいおお》き男性《だんせい》。破滅《はめつ》してもいいから、あなたに逢《あ》いたいという激《はげ》しい感情《かんじょう》を詠《よ》んだ歌《うた》なんだ。

ことばのポイント

わびぬれば…悩《なや》み苦《くる》しんでいるので。

難波《なにわ》なる…難波《なにわ》（いまの大阪市《おおさかし》）にある。

みをつくし…「澪標《みおつくし》」と「身《み》をつくし」の掛詞《かけことば》。

力《ちから》だめし②

答《こた》えは136ページ

1 上《かみ》の句《く》に続《つづ》く下《しも》の句《く》を選《えら》んで、（　）に記号《きごう》を書《か》きましょう。

［上《かみ》の句《く》］

① わたの原《はら》　八《や》十《そ》島《しま》かけて　漕《こ》ぎ出《い》でぬと　（　）

② 天《あま》つ風《かぜ》　雲《くも》の通《かよ》ひ《い》路《じ》　吹《ふ》きとぢ《じ》よ　（　）

③ 筑《つく》波《ば》嶺《ね》の　峰《みね》より落《お》つる　みなの川《がわ》　（　）

④ 陸奥《みちのく》の　しのぶもぢ《じ》ずり　誰《たれ》ゆゑ《え》に　（　）

⑤ 君《きみ》がため　春《はる》の野《の》に出《い》でて　若菜《わかな》つむ　（　）

⑥ 立《た》ち別《わか》れ　いなばの山《やま》の　峰《みね》に生《お》ふ《う》る　（　）

⑦ ちはやぶる　神代《かみよ》も聞《き》かず　竜田川《たつたがわ》　（　）

⑧ 住《すみ》の江《え》の　岸《きし》に寄《よ》る波《なみ》　よるさへ《え》や　（　）

⑨ 難波潟《なにわがた》　短《みじか》き蘆《あし》の　ふしの間《ま》も　（　）

⑩ わびぬれば　今《いま》はた同《おな》じ　難波《なにわ》なる　（　）

［下《しも》の句《く》］

㋐ を《お》とめの姿《すがた》　しばしとどめむ《ん》

㋑ 恋《こい》ぞつもりて　淵《ふち》となりぬる

㋒ 夢《ゆめ》の通《かよ》ひ《い》路《じ》　人目《ひとめ》よくらむ《ん》

㋓ 逢《あ》は《わ》でこのよを　過《す》ぐしてよとや

㋔ 人《ひと》には告《つ》げよ　海人《あま》の釣舟《つりぶね》

㋕ まつとし聞《き》かば　今帰《いまかえ》り来《こ》む《ん》

㋖ からくれなゐ《い》に　水《みず》くくるとは

㋗ みをつくしても　逢《あ》は《わ》む《ん》とぞ思《おも》ふ《う》

㋘ わが衣手《ころもで》に　雪《ゆき》は降《ふ》りつつ

㋙ 乱《みだ》れそめにし　われならなくに

2 歌《うた》の中《なか》のことばについて考《かんが》えます。

太字《ふとじ》のことばの意味《いみ》で正《ただ》しいものを一《ひと》つ選《えら》んで（　）に記号《きごう》を書《か》きましょう。

①
わたの原《はら》 八十島《やそしま》かけて 漕《こ》ぎ出《い》でぬと
人《ひと》には告《つ》げよ 海人《あま》の釣舟《つりぶね》

ア わたがとれる広々《ひろびろ》した野原《のはら》
イ 果《は》てしなく続《つづ》く広《ひろ》い海《うみ》
ウ 背《せ》の高《たか》い草《くさ》が生《は》える草原《そうげん》

（　　）→24ページ

②
住《すみ》の江《え》の 岸《きし》に寄《よ》る波《なみ》 よるさへ《え》や
夢《ゆめ》の通《かよ》ひ《い》路《じ》 **人目《ひとめ》よくらむ《ん》**

ア 人目《ひとめ》を避《さ》けているのでしょうか
イ 目《め》がくらむほどまぶしい
ウ よく見《み》えなくなってしまった

（　　）→31ページ

3 掛詞《かけことば》や枕詞《まくらことば》について、確《たし》かめます。

問《と》われていることばを一《ひと》つ選《えら》んで（　）に記号《きごう》を書《か》きましょう。

①
[わび]ア ぬれば [今《いま》は]イ た同《おな》じ 難波《なにわ》なる
[みをつくし]ウ ても 逢《あ》はむ《わん》とぞ思《おも》ふ《う》

掛詞《かけことば》は（　　）→33ページ

②
[ちはやぶる]ア 神代《かみよ》も聞《き》かず 竜田川《たつたがわ》
[からくれなゐ《い》]イ に 水《みず》 [くくる]ウ とは

神《かみ》の枕詞《まくらことば》は（　　）→30ページ

★ことばの意味《いみ》や掛詞《かけことば》、枕詞《まくらことば》がわからないときは、→○のページを読《よ》んで確認《かくにん》しよう。

今《いま》来《こ》む《ん》と いひ《い》しばかりに 長月《ながつき》の 有明《ありあけ》の月《つき》を 待《ま》ち出《い》でつるかな

素性法師《そせいほうし》
（生没年不明《せいぼつねんふめい》）

まず声に出して読み、下の句をなぞって書こう

歌の意味

いますぐ会《あ》いに行《い》くとあなたが言《い》ったから、九月《くがつ》の長《なが》い夜《よる》をずっと待《ま》っていたのです。とうとう有明《ありあけ》の月《つき》（夜《よ》が明《あ》けても残《のこ》っている月《つき》）が出《で》るくらいの時間《じかん》になってしまいましたよ。

あそびに
いくね
もう夜《よる》…
まだ来《こ》ない…
イラ
イラ
寝《ね》なさーい
ギン
夜《よ》が
明《あ》けてしまった…
何《なに》してる
の～!?

上の句も下の句も書いておぼえよう

今来むと いひしばかりに 長月の
有明の月を 待ち出でつるかな

ここに注目！

「あなたのことを一晩中《ひとばんじゅう》待《ま》っていたら、夜明《よあ》けの月《つき》が出《で》てしまった」なんて、連絡《れんらく》がすぐに取《と》れる現代《げんだい》では考《かんが》えられないよね。

人《ひと》を待《ま》っている間《あいだ》は、相手《あいて》のことを考《かんが》えるもの。待《ま》つ時間《じかん》の分《ぶん》だけ、想《おも》いも深《ふか》まるのかもしれない。

連絡《れんらく》が取《と》りやすいのは便利《べんり》だけれど、そのために人間関係《にんげんかんけい》が浅《あさ》くて簡単《かんたん》なものになってしまっては、つまらないね。

ことばのポイント

今来《いまこ》む…すぐに行こう。
長月《ながつき》…旧暦《きゅうれき》の九月《くがつ》。秋の終《お》わりのころで夜《よる》が長《なが》い。
有明《ありあけ》の月《つき》…夜明《よあ》けになってもまだ空《そら》に残《のこ》っている月《つき》。

吹《ふ》くからに　秋《あき》の草木《くさき》の　しを《お》るれば　むべ山風《やまかぜ》を　嵐《あらし》といふ《う》らむ《ん》

文屋康秀《ふんやのやすひで》
（生没年不明《せいぼつねんふめい》）

まず声に出して読み、下の句をなぞって書こう

歌の意味

山《やま》から風《かぜ》が吹《ふ》くとすぐに、秋《あき》の草木《くさき》がしおれてしまう。なるほど、だから山《やま》から吹《ふ》き下《お》ろす風《かぜ》を「荒《あら》し」といい、「嵐《あらし》」と書《か》くのだろう。

上の句も下の句も書いておぼえよう

吹くからに　秋の草木の　しをるれば
むべ山風を　嵐といふらむ

ここに注目！

「山《やま》に風《かぜ》と書《か》くと『嵐《あらし》』という漢《かん》字《じ》だ。山《やま》から吹《ふ》き下《お》ろす風《かぜ》で草木《くさき》がしおれてしまうのを見《み》ると、たしかにその通《とお》りだな」と情景《じょうけい》を漢字《かんじ》パズルのように見立《みた》てた歌《うた》だね。

「木《き》の文字《もじ》が少《すこ》し集《あつ》まれば林《はやし》だよもっと増《ふ》えると森《もり》といふ《う》らむ《ん》」のように、自分《じぶん》の知《し》っている漢字《かんじ》をこの歌《うた》のようにして遊《あそ》んでみるのも楽《たの》しいかもしれないね。

ことばのポイント

吹《ふ》くからに…吹《ふ》くとすぐに。
むべ…なるほど。
嵐《あらし》…「荒《あら》し」と「嵐《あらし》」の掛詞《かけことば》。
らむ《ん》…「たぶんこうだろう」とおしはかる表現《ひょうげん》。

月《つき》見《み》れば 千《ち》々《ぢ》に物《もの》こそ 悲《かな》しけれ わが身《み》ひとつの 秋《あき》にはあらねど

大江千里《おおえのちさと》
（生没年不明《せいぼつねんふめい》）

まず声に出して読み、下の句をなぞって書こう

歌の意味

秋《あき》の月《つき》をながめていると、いろいろなことを思《おも》って、物悲《ものがな》しく感《かん》じられる。わたし一人《ひとり》だけに秋《あき》が来《き》たわけではないけれど。

わたしだけの月《つき》じゃないのに月《つき》を見《み》るとなんだか悲《かな》しいワ
まだ地球にいたんか
キュン
地球潜入中《ちきゅうせんにゅうちゅう》の宇宙人《うちゅうじん》

上の句も下の句も書いておぼえよう

月見れば 千々に物こそ 悲しけれ
わが身ひとつの 秋にはあらねど

ここに注目！

秋《あき》の月《つき》に対《たい》する日本人《にっぽんじん》の特別《とくべつ》な感《かん》情《じょう》を詠《よ》んだ歌《うた》だよ。秋《あき》の月《つき》は、ほかの季節《きせつ》の月《つき》よりも物悲《ものがな》しく感《かん》じると詠《よ》んでいるんだ。

下《しも》の句《く》では、孤独《こどく》な自分《じぶん》をかえりみている。一人《ひとり》でものを考《かんが》えたり、気持《きも》ちを整理《せいり》したりするのはとても大切《たいせつ》なことじゃないかな。秋《あき》はそれにふさわしい季節《きせつ》だね。

ことばのポイント

千々《ちぢ》に…さまざまに。

物《もの》こそ悲《かな》しけれ…「物悲《ものがな》しい」を強調《きょうちょう》している。

わが身《み》ひとつの…わたし一人《ひとり》のための。「月《つき》」と「わが身《み》」、「千々《ちぢ》」と「ひとつ」を対比《たいひ》した表現《ひょうげん》。

このたびは　幣《ぬさ》も取《と》りあへず　手向山《たむけやま》
紅葉《もみじ》の錦《にしき》　神《かみ》のまにまに

菅家《かんけ》
（八四五～九〇三年《ねん》）

まず声に出して読み、下の句をなぞって書こう

歌の意味

今回《こんかい》の旅《たび》は急《きゅう》でしたので、神様《かみさま》にささげる幣《ぬさ》（布《ぬの》）を用意《ようい》できませんでした。かわりに、錦《にしき》（美《うつく》しい模様《もよう》を織《お》りこんだ絹織物《きぬおりもの》）のように美《うつく》しい手向山《たむけやま》の紅葉《もみじ》を、神様《かみさま》のお心《こころ》のままにお受《う》け取《と》りください。

ハッピーバースデー！
あなたからのプレゼントはなあに？
あの美《うつく》しい紅葉《もみじ》の錦《にしき》をプレゼントするよ
忘《わす》れただけだけど…
キュン♥

上の句も下の句も書いておぼえよう

このたびは　幣も取りあへず　手向山
紅葉の錦　神のまにまに

ここに注目！

作者《さくしゃ》の菅家《かんけ》は、のちに学問《がくもん》の神様《かみさま》としてまつられる菅原道真《すがわらのみちざね》だよ。

「鷹狩《たかが》りの帰《かえ》り、宇多上皇《うだじょうこう》が急《きゅう》に大和《やまと》に向《む》かうことになった。いつもなら道祖神《どうそじん》に供《そな》えるために準備《じゅんび》しておく幣《ぬさ》という布が、今日《きょう》はない。そこで、幣《ぬさ》のかわりに美しい紅葉《もみじ》を神《かみ》に捧《ささ》げます」と詠《よ》んだんだ。

予定《よてい》が変更《へんこう》されてもあわてず、見《み》事《ごと》な歌《うた》を詠《よ》むあたりはさすが道真《みちざね》だね。

ことばのポイント

このたびは…「この度《たび》」と「この旅《たび》」の掛詞《かけことば》。

幣《ぬさ》…旅《たび》の無事《ぶじ》を祈《いの》って、神様《かみさま》にささげる布切《ぬのき》れ。

手向山《たむけやま》…神様《かみさま》に手向《たむ》け（供《そな》え物《もの》）をする山《やま》。

25

名《な》にし負《お》はば　逢坂山《おうさかやま》の　さねかづ《ず》ら
人《ひと》に知《し》られで　くるよしもがな

三条右大臣《さんじょうのうだいじん》
（八七三～九三二年《ねん》）

まず声に出して読み、下の句をなぞって書こう

歌の意味

逢坂山《おうさかやま》のさねかずらよ。「逢《あ》う」と「さね（共《とも》に寝《ね》るという意味《いみ》）」をその名《な》にふくんでいるのなら、そのつるをたぐりよせれば逢《あ》えるのだろうか、だれにも知《し》られずにあなたに逢《あ》いに行《い》けたらいいのに。

上の句も下の句も書いておぼえよう

名にし負はば　逢坂山の　さねかづら
人に知られで　くるよしもがな

ここに注目！

わずか三十一文字《さんじゅういちもじ》しか使《つか》えない和歌《わか》だから、自分《じぶん》の思《おも》いや、自然《しぜん》の情景《じょうけい》を詠《よ》みこむために、掛詞《かけことば》をうまく使《つか》うよ。ことばに二《ふた》つの意味《いみ》を持《も》たせるんだ。

この歌《うた》では、「さね」、「くる」という掛詞《かけことば》が使《つか》われている。また、「逢坂山《おうさかやま》」で「男女《だんじょ》が逢《あ》う」と連想《れんそう》させるんだ。技巧《ぎこう》をこらして、心情《しんじょう》を情景《じょうけい》に重《かさ》ねているんだね。

ことばのポイント

名《な》にし負《お》はば…名前《なまえ》を持《も》つのなら。

さねかづ《ず》ら…つるでのびる植物《しょくぶつ》。「さね（共寝《さね》）」ということばを名前《なまえ》にふくむ。

くる…「来《く》る」と「繰《く》る（たぐる）」の掛詞《かけことば》。

小倉山《おぐらやま》　峰《みね》のもみぢ葉《じば》　心《こころ》あらば　今《いま》ひとたびの　みゆき待《ま》たなむ《ん》

貞信公《ていしんこう》（八八〇～九四九年《ねん》）

まず声に出して読み、下の句をなぞって書こう

歌の意味

小倉山《おぐらやま》の峰《みね》のもみじよ、もしおまえに人間《にんげん》のような心《こころ》があるなら、もう一度《いちど》、今度《こんど》は天皇《てんのう》がいらっしゃるので、そのときまで散《ち》らずに待《ま》っていておくれ。

来週《らいしゅう》も彼氏《かれし》と来《く》るから待《ま》っててね～
もみじちゃん　まだ散《ち》らないでね～
え、彼氏《かれし》できたの？
いない、いない　言《い》ってみた　だけ～

上の句も下の句も書いておぼえよう

小倉山　峰のもみぢ葉　心あらば

今ひとたびの　みゆき待たなむ

ここに注目！

宇多上皇《うだじょうこう》が見事《みごと》な紅葉《こうよう》に感激《かんげき》しているのを見《み》て、同行《どうこう》していた作者《さくしゃ》（貞信公《ていしんこう》）が詠《よ》んだ歌《うた》だよ。息子《むすこ》である醍醐天皇《だいごてんのう》にも見《み》せたい、という上皇《じょうこう》の気持《きも》ちを代弁《だいべん》したんだ。

素晴《すば》らしい風景《ふうけい》を見《み》たとき、それをだれかに見《み》せたいという気持《きも》ちはいまも変《か》わらないね。写真《しゃしん》に撮《と》って共有《きょうゆう》するのもいいけれど、文字《もじ》で表現《ひょうげん》するのも素敵《すてき》だね。

ことばのポイント

小倉山《おぐらやま》…京都《きょうと》にある、紅葉《こうよう》の名所《めいしょ》。

心《こころ》あらば…もみじに人間《にんげん》のような心《こころ》があるなら。

みゆき…天皇《てんのう》がいらっしゃること。

27

みかの原《はら》 わきて流《なが》るる いづ《ず》み川《がわ》
いつ見《み》きとてか 恋《こい》しかるらむ《ん》

中納言兼輔《ちゅうなごんかねすけ》
（八七七〜九三三年《ねん》）

まず声に出して読み、
下の句をなぞって書こう

歌の意味

みかの原《はら》を二《ふた》つに分《わ》けて、わき出《で》て流《なが》れているいずみ川《がわ》。その名前《なまえ》の「いつみ」ではないが、あなたをいつ見《み》たわけではないのに、どうしてこんなに恋《こい》しいのだろう。

ハロー！
バーチャルユーチューバーの
みかの原《はら》いづみです！
明日《あした》デビューします
今日《きょう》はまだ
シルエットでゴメンね！
会《あ》ったことないけど
すごく恋《こい》しい！

ここに注目！

この歌《うた》には二《ふた》つの解釈《かいしゃく》があるんだ。「見《み》たこともない相手《あいて》なのに、なぜこんなに恋《こい》しいのだろう」と、「いつ見《み》たときからこんなに恋《こい》しく思《おも》っているのだろう」というもの。

会《あ》ったこともないのに、好《す》きになるなんて驚《おどろ》くかもしれないけど、この時代《じだい》にはよくあったんだ。その人《ひと》の評判《ひょうばん》やつくる歌《うた》で恋《こい》の相手《あいて》を決《き》めることもあったんだよ。

ことばのポイント

みかの原《はら》…京都府南部《きょうとふなんぶ》を流《なが》れる木津川《きづがわ》の北側一帯《きたがわいったい》をさす地名《ちめい》。

わきて…「湧《わ》きて」と「分《わ》きて」の掛詞《かけことば》。

いづ《ず》み川《がわ》…京都府南部《きょうとふなんぶ》を流《なが》れる木津川《きづがわ》のこと。この三句《さんく》までが「いつ見《み》」を引《ひ》き出《だ》す序詞《じょことば》。

上の句も下の句も
書いておぼえよう

みかの原 わきて流るる いづみ川
いつ見きとてか 恋しかるらむ

山里《やまざと》は　冬《ふゆ》ぞ寂《さび》しさ　まさりける
人目《ひとめ》も草《くさ》も　かれぬと思《おも》へば

まず声に出して読み、
下の句をなぞって書こう

歌の意味

山里《やまざと》は、冬《ふゆ》になるといっそう寂《さび》しさが増《ま》してくるものだ。人《ひと》も訪《おとず》れなくなり、辺《あた》りの草《くさ》もかれてしまうと思《おも》うから。

上の句も下の句も
書いておぼえよう

山里は　冬ぞ寂しさ　まさりける
人目も草も　かれぬと思へば

山里《やまざと》は
さびしい…
特に冬
まだ地球にいたんか

源宗于朝臣《みなもとのむねゆきあそん》
（不明《ふめい》〜九三九年《ねん》）

ここに注目！

京《きょう》の都《みやこ》から離《はな》れた山里《やまざと》の冬《ふゆ》の寂《さび》しさを詠《よ》んだ歌《うた》だよ。

冬《ふゆ》の風景《ふうけい》を見《み》て感《かん》じる寂《さび》しさと、人《ひと》が訪《おとず》れなくなって感《かん》じる寂《さび》しさという二《ふた》つの寂《さび》しさを歌《うた》にまとめたんだ。

秋《あき》は、明《あか》るい夏《なつ》が去《さ》って寂《さび》しい面《めん》もあるけれど、農産物《のうさんぶつ》の実《み》りや紅葉《もみじ》などの色《いろ》づきも感《かん》じられる。でも、人《ひと》と会《あ》えない冬《ふゆ》は寂《さび》しさが増《ま》すと、作者《さくしゃ》は感《かん》じたんだろうね。

ことばのポイント

山里《やまざと》…都《みやこ》から離《はな》れた山《やま》のふもと。

かれ…「（草木《くさき》が）枯《か》れ」の意味《いみ》。「枯《か》れ」と「離《か》れ（人《ひと》が訪《おとず》れなくなるの意味《いみ》）」の掛詞《かけことば》。

29

心《こころ》あてに 折《お》らばや折《お》らむ《ん》 初霜《はつしも》の 置《お》きまどは《わ》せる 白菊《しらぎく》の花《はな》

凡河内躬恒《おおしこうちのみつね》
（生没年不明《せいぼつねんふめい》）

まず声に出して読み、下の句をなぞって書こう

歌の意味

当《あ》てずっぽうに、折《お》るなら折《お》ってみようか。初霜《はつしも》が降《お》りて辺《あた》り一面《いちめん》真《ま》っ白《しろ》なため、霜《しも》だか菊《きく》だか見分《みわ》けがつかず、まぎれてわからなくなっている白菊《しらぎく》の花《はな》を。

クイズ！
どこに白菊《しらぎく》が
あるでしょうか？
初霜《はつしも》と白菊《しらぎく》の
見分《みわ》けが
つかない…
謎紳士《なぞしんし》

上の句も下の句も書いておぼえよう

心あてに 折らばや折らむ 初霜の
置きまどはせる 白菊の花

ここに注目！

庭一面《にわいちめん》に霜《しも》が降《お》りて、白菊《しらぎく》を折《お》り取《と》ろうとしたけれど、見分《みわ》けがつかなくなってしまったという歌《うた》。でも、これはことばのあやなんだ。いくらたくさんの霜《しも》が降《お》りたとしても、菊《きく》の花《はな》と霜《しも》が見分《みわ》けられないなんてことはないよ。

輝《かがや》くような朝《あさ》の白《しろ》い世界《せかい》が目《め》に浮《う》かぶんじゃないかな。歌《うた》の世界《せかい》ではこうした印象的《いんしょうてき》な表現《ひょうげん》のアイデアも高《たか》く評価《ひょうか》されたんだよ。

ことばのポイント

心《こころ》あて…当《あ》てずっぽう。
置《お》きまどはせる…まぎれてわからなくなっている。

30

有明《ありあけ》の　つれなく見《み》えし　別《わか》れより
暁《あかつき》ばかり　憂《う》きものはなし

まず声に出して読み、下の句をなぞって書こう

歌の意味

有明《ありあけ》の月《つき》がそっけなく見《み》えた、あなたとの別《わか》れ以来《いらい》、夜明《よあ》け前《まえ》の時間《じかん》ほどつらく感《かん》じられるものはありません。

上の句も下の句も書いておぼえよう

有明の　つれなく見えし　別れより
暁ばかり　憂きものはなし

ふられてしまった…
夜明《よあ》けまで待《ま》ってたのに…
月《つき》までつれないな　ボクをなぐさめろ!
コチン
八《や》つ当《あ》たりだよ〜
えいっ　この〜

壬生忠岑《みぶのただみね》
（生没年不明《せいぼつねんふめい》）

ここに注目!

恋仲《こいなか》だった女性《じょせい》からふられてしまった男性《だんせい》の歌《うた》。「つれなくされて、夜明《よあ》けまで待《ま》っていたけど会《あ》えなくて、夜明《よあ》けの月《つき》までつれなく見《み》える」と詠《よ》むなんてせつないね。

思《おも》っている相手《あいて》が、そっけない態度《たいど》なのを「つれない」というよ。「女性《じょせい》にふられると、月《つき》までつれなく感《かん》じてしまう」と、自分《じぶん》の悲《かな》しさをつきつめて歌《うた》にしたんだね。

ことばのポイント

有明《ありあけ》の…夜明《よあ》けの空《そら》にまだ残《のこ》っている「有明《ありあけ》の月《つき》」のこと。

つれなく見《み》えし…そっけなく見《み》えた。

暁《あかつき》…夜明《よあ》け前《まえ》のまだ暗《くら》いとき。

力《ちから》だめし③

答《こた》えは136ページ

1 上《かみ》の句《く》に続《つづ》く下《しも》の句《く》を選《えら》んで、（　）に記号《きごう》を書《か》きましょう。

［上《かみ》の句《く》］

① 今来《いまこ》む《ん》と　いひ《い》しばかりに　長月《ながつき》の　（　　）

② 吹《ふ》くからに　秋《あき》の草木《くさき》の　しを《お》るれば　（　　）

③ 月見《つきみ》れば　千々《ちぢ》に物《もの》こそ　悲《かな》しけれ　（　　）

④ このたびは　幣《ぬさ》も取《と》りあへ《え》ず　手向山《たむけやま》　（　　）

⑤ 名《な》にし負《お》はば　逢坂山《おうさかやま》の　さねかづ《ず》ら　（　　）

⑥ 小倉山《おぐらやま》　峰《みね》のもみぢ《じ》葉《ば》　心《こころ》あらば　（　　）

⑦ みかの原《はら》　わきて流《なが》るる　いづ《ず》み川《がわ》　（　　）

⑧ 山里《やまざと》は　冬《ふゆ》ぞ寂《さび》しさ　まさりける　（　　）

⑨ 心《こころ》あてに　折《お》らばや折《お》らむ《ん》　初霜《はつしも》の　（　　）

⑩ 有明《ありあけ》の　つれなく見《み》えし　別《わか》れより　（　　）

［下《しも》の句《く》］

㋐ わが身《み》ひとつの　秋《あき》にはあらねど

㋑ 暁《あかつき》ばかり　憂《う》きものはなし

㋒ 今《いま》ひとたびの　みゆき待《ま》たなむ《ん》

㋓ 人目《ひとめ》も草《くさ》も　かれぬと思《おも》へ《え》ば

㋔ 人《ひと》に知《し》られで　くるよしもがな

㋕ 紅葉《もみじ》の錦《にしき》　神《かみ》のまにまに

㋖ いつ見《み》きとてか　恋《こい》しかるらむ《ん》

㋗ 置《お》きまどは《わ》せる　白菊《しらぎく》の花《はな》

㋘ 有明《ありあけ》の月《つき》を　待《ま》ち出《い》でつるかな

㋙ むべ山風《やまかぜ》を　嵐《あらし》といふ《う》らむ《ん》

2 歌《うた》の中《なか》のことばについて考《かんが》えます。

太字《ふとじ》のことばの意味《いみ》で正《ただ》しいものを一《ひと》つ選《えら》んで（　）に記号《きごう》を書《か》きましょう。

①
吹《ふ》くからに　秋《あき》の草木《くさき》の　しを《お》るれば
むべ山風《やまかぜ》を　嵐《あらし》といふ《う》らむ《ん》

㋐ ひどい、むごい
㋑ むりやりに
㋒ なるほど

（　　）
↓㊲ページ

②
みかの原《はら》　わきて流《なが》るる　いづ《ず》み川《がわ》
いつ見《み》きとてか　恋《こい》しかるらむ《ん》

㋐ 三日月《みかづき》が照《て》らす野原《のはら》
㋑ 深《ふか》い山《やま》
㋒ 京都府《きょうとふ》にある地名《ちめい》

（　　）
↓㊷ページ

★ことばの意味《いみ》や掛詞《かけことば》がわからないときは、↓○のページを読《よ》んで確認《かくにん》しよう。

3 掛詞《かけことば》について、確《たし》かめます。

問《と》われていることばを一《ひと》つ選《えら》んで（　）に記号《きごう》を書《か》きましょう。

①
㋐このたび　は　㋑幣《ぬさ》　も取《と》りあへ《え》ず　手向山《たむけやま》
紅葉《もみじ》の錦《にしき》　神《かみ》の　㋒まにまに

掛詞《かけことば》は（　　）
↓㊴ページ

②
山里《やまざと》は　冬《ふゆ》ぞ寂《さび》しさ　㋐まさり　ける
㋑人目《ひとめ》も　草《くさ》も　㋒かれ　ぬと思《おも》へ《え》ば

掛詞《かけことば》は（　　）
↓㊸ページ

朝《あさ》ぼらけ　有明《ありあけ》の月《つき》と　見《み》るまでに　吉野《よしの》の里《さと》に　降《ふ》れる白雪《しらゆき》

坂上是則《さかのうえのこれのり》
（生没年不明《せいぼつねんふめい》）

まず声に出して読み、下の句をなぞって書こう

歌の意味

夜《よる》がほのぼのと明《あ》けるころ、（辺《あた》りが白《しろ》いので）有明《ありあけ》の月《つき》が照《て》らしているのかと思《おも》ったら、吉野《よしの》の里《さと》に降《ふ》っている真《ま》っ白《しろ》な雪《ゆき》だった。

パァァァ…
月《つき》が出《で》てるみたいに明《あか》るいなぁ
UFO《ユーフォー》だ！
バァーーーン

上の句も下の句も書いておぼえよう

朝ぼらけ　有明の月と　見るまでに
吉野の里に　降れる白雪

ここに注目！

月《つき》の光《ひかり》かと思《おも》って外《そと》を見《み》たら、一《いち》面《めん》に降《ふ》りつもった白雪《しらゆき》だった、と雪《ゆき》の輝《かがや》きを月《つき》の光《ひかり》に見立《みた》てているんだ。あるものを別《べつ》のものにみなして表現《ひょうげん》する「見立《みた》て」という手法《しゅほう》だよ。

歌《うた》が「降《ふ》れる白雪《しらゆき》」と名詞《めいし》で終《お》わっているのも印象的《いんしょうてき》だね。これを「体言止《たいげんど》め」というんだ。電灯《でんとう》の光《ひかり》がなかった時代《じだい》の、外《そと》を見《み》た瞬間《しゅんかん》に広《ひろ》がる銀世界《ぎんせかい》のあざやかさを思《おも》い浮《う》かべてみよう。

ことばのポイント

朝《あさ》ぼらけ…夜《よる》がほのぼのと明《あ》けるころ。
有明《ありあけ》の月《つき》…明《あ》け方《がた》まで空《そら》に残《のこ》る月《つき》。
吉野《よしの》の里《さと》…いまの奈良県吉野郡周辺《ならけんよしのぐんしゅうへん》。

山川《やまがわ》に 風《かぜ》のかけたる しがらみは
流《なが》れもあへ《え》ぬ 紅葉《もみじ》なりけり

まず声に出して読み、下の句をなぞって書こう

歌の意味

山《やま》の中《なか》を流《なが》れる川《かわ》に風《かぜ》がふいて、しがらみ(柵《さく》)ができていた。はらはらと散《ち》った紅葉《もみじ》が川《かわ》に落《お》ちて集《あつ》まり、流《なが》れることなく水《みず》の流《なが》れを止《と》めていたんだなあ。

上の句も下の句も書いておぼえよう

山川に 風のかけたる しがらみは
流れもあへぬ 紅葉なりけり

紅葉《もみじ》で柵《さく》ができてるよ渡《わた》ってみる?
いや、ムリでしょ
自然《しぜん》にできたなんて信《しん》じられない!

春道列樹《はるみちのつらき》
(不明《ふめい》～九二〇年《ねん》)

ここに注目!

「しがらみ」とは、くいを立《た》てて網《あみ》などを張《は》って、川の流《なが》れをせき止《と》めるしかけのことだよ。この歌《うた》では、紅葉《もみじ》が川《かわ》にたまっているようすを、風《かぜ》が用意《ようい》したしがらみだと詠《よ》んでいるんだ。
人間《にんげん》でないものを人間《にんげん》にたとえる手法《しゅほう》を「擬人化《ぎじんか》」というんだ。自然《しぜん》に一層親《いっそうした》しみを感《かん》じるんじゃないかな。

ことばのポイント

山川《やまがわ》…山《やま》の中《なか》の谷川《たにがわ》。
しがらみ…川《かわ》の中《なか》にくいなどを打《う》ってつくった柵《さく》。川《かわ》の流《なが》れをせき止《と》めるためのしかけ。
流《なが》れもあへ《え》ぬ…流《なが》れようとしても流《なが》れられない。

久方《ひさかた》の 光《ひかり》のどけき 春《はる》の日《ひ》に しづ《ず》心《ごころ》なく 花《はな》の散《ち》るらむ《ん》

まず声に出して読み、下の句をなぞって書こう

紀友則《きのとものり》
（不明《ふめい》～九〇五年《ねん》ごろ）

歌の意味

日《ひ》の光《ひかり》がおだやかにさしている春《はる》の日《ひ》なのに、なぜ桜《さくら》の花《はな》は落《お》ち着《つ》かずにあわただしく散《ち》ってしまうのだろう。

ポカ
ポカ
春《はる》の日《ひ》の光《ひかり》は気持《きも》ちがいいな～
でも春休《はるやす》みはすぐに終《お》わってしまうんだ
宿題《しゅくだい》終《お》わった?

上の句も下の句も書いておぼえよう

久方の 光のどけき 春の日に
しづ心なく 花の散るらむ

ここに注目!

桜《さくら》の花《はな》は、さくまでに時間《じかん》がかかるけど、満開《まんかい》を迎《むか》えてしまうと、散《ち》るまでがなんだか急《いそ》ぎ足《あし》に感《かん》じるよね。この歌《うた》は、そんな散《ち》り急《いそ》ぐ桜《さくら》を見《み》て、「なぜ、そんなにあわただしく散《ち》るのかい」と詠《よ》んでいるんだ。

ぽかぽかとした春《はる》ののどかなようすと、落《お》ち着《つ》きなく散《ち》る桜《さくら》。反対《はんたい》のものを並《なら》べて対比《たいひ》することで、両方《りょうほう》の情景《じょうけい》があざやかに伝《つた》わってくるんだね。

ことばのポイント

久方《ひさかた》の…ここでは「光《ひかり》」にかかる枕詞《まくらことば》。ほかに「天《てん》・空《そら》・日《ひ》・月《つき》・雲《くも》」などにかかる。

しづ《ず》心《ごころ》なく…落《お》ち着《つ》いた心《こころ》がなく。あわただしく。

誰《たれ》をかも 知《し》る人《ひと》にせむ 高砂《たかさご》の 松《まつ》も昔《むかし》の 友《とも》ならなくに

まず声に出して読み、下の句をなぞって書こう

歌の意味

わたしはすっかり年老《としお》いてしまい、友人《ゆうじん》たちも亡《な》くなってしまった。いったいだれを友《とも》とすればよいのだろうか。あの古《ふる》くからある高砂《たかさご》の松《まつ》だって、昔《むかし》からの友《とも》ではないのだから。

上の句も下の句も書いておぼえよう

誰をかも 知る人にせむ 高砂の 松も昔の 友ならなくに

年《とし》をとって友《とも》だちがみんないなくなってしまった
友だちになりましょう
わたしは松《まつ》の精《せい》です
あなたは?
とりあえずあの人《ひと》とは友《とも》だちになれない…

藤原興風《ふじわらのおきかぜ》（生没年不明《せいぼつねんふめい》）

ここに注目!

長生《ながい》きっておめでたいことに思《おも》えるよね。でも、年《とし》をとるにつれて友《とも》だちや知《し》り合《あ》いが亡《な》くなっていくと、取《と》り残《のこ》されたようなさびしさを感《かん》じることもあるかもしれない。

松《まつ》は長寿《ちょうじゅ》の象徴《しょうちょう》だけど、ここでは「松《まつ》は昔《むかし》からの友《とも》だちではないから」と、作者《さくしゃ》の孤独《こどく》を強《つよ》めているね。

ことばのポイント

知《し》る人《ひと》…友人《ゆうじん》。
高砂《たかさご》…いまの兵庫県高砂市《ひょうごけんたかさごし》。「高砂《たかさご》の松《まつ》」は長寿《ちょうじゅ》の松《まつ》として、古《ふる》くから歌《うた》に詠《よ》まれてきた。
友《とも》ならなくに…友《とも》ではないのだから。

人《ひと》はいさ　心《こころ》も知《し》らず　古里《ふるさと》は　花《はな》ぞ昔《むかし》の　香《か》ににほ《お》ひ《い》ける

紀貫之《きのつらゆき》
（八六八ごろ～九四五年《ねん》ごろ）

まず声に出して読み、
下の句をなぞって書こう

歌の意味

人《ひと》の心《こころ》は変《か》わるものだけれど、あなたの心《こころ》はさあどうでしょう。わたしにはわかりませんが、昔《むかし》なじみのこの地《ち》にさく梅《うめ》の花《はな》は、昔《むかし》のままのにおいがしますよ。

上の句も下の句も
書いておぼえよう

人はいさ　心も知らず　古里は
花ぞ昔の　香ににほひける

こんなおいしいラーメンはじめて食《た》べたよ
10年後《ねんご》
でっぷり
あなたは変《か》わっちゃったけど、ここのラーメンは変《か》わらずおいしいね…わたしの心《こころ》も変《か》わらないわよ

ここに注目！

作者《さくしゃ》の紀貫之《きのつらゆき》が、奈良《なら》の長谷寺《はせでら》に行《い》ったときのこと。いつも泊《と》まっていた宿《やど》の主人《しゅじん》が「長《なが》い間《あいだ》、いらしていただけませんでしたね」と皮肉《ひにく》を言《い》ったんだ。

それに答《こた》えたのがこの歌《うた》。梅《うめ》をひと枝折《えだお》って、「なつかしい里《さと》の梅《うめ》の香《かお》りは変《か》わりませんが、あなたの気《き》持《も》ちは昔《むかし》とはちがうのですか」と、返《かえ》した。「私《わたし》の心《こころ》は変《か》わりませんよ」という意味《いみ》がこめられているんだよ。

ことばのポイント

人《ひと》…ここでは、宿《やど》の主人《しゅじん》を指《さ》す。
いさ…さあ、どうでしょう。
花《はな》…梅《うめ》の花《はな》。
古里《ふるさと》…昔《むかし》なじみの土地《とち》。

夏《なつ》の夜《よ》は　まだ宵《よい》ながら　明《あ》けぬるを　雲《くも》のいづ《ず》こに　月宿《つきやど》るらむ《ん》

清原深養父《きよはらのふかやぶ》（生没年不明《せいぼつねんふめい》）

まず声に出して読み、下の句をなぞって書こう

歌の意味

夏《なつ》の夜《よる》は、まだ宵《よい》のうちだと思《おも》っていたら、もう明《あか》るくなってしまった。月《つき》はいったい、雲《くも》のどの辺《あた》りに宿《やど》をとっているのだろう。

上の句も下の句も書いておぼえよう

夏の夜は　まだ宵ながら　明けぬるを
雲のいづこに　月宿るらむ

ここに注目！

百人一首《ひゃくにんいっしゅ》に親《した》しむと、「月《つき》といえば秋《あき》」と連想《れんそう》するよね。でも、これはめずらしく夏《なつ》の月《つき》を詠《よ》んだ歌《うた》なんだ。「宵《よい》」とは、日《ひ》が暮《く》れてまもないころ。夏《なつ》は日《ひ》の出《で》も早《はや》いから、夜《よる》はあっというまに過《す》ぎてしまう。

まだ宵《よい》だと思《おも》っていたら、もう夜《よ》明《あ》けだ。月《つき》はしずみそこねて、雲《くも》のどこかにいるんじゃないかと、月《つき》を人《ひと》に見立《みた》てたおもしろい歌《うた》だね。

ことばのポイント

宵《よい》…夜《よる》になってすぐのころ。
明《あ》けぬるを…明《あ》けてしまったけれど。
いづ《ず》こ…どの辺《あた》り。

白露《しらつゆ》に 風《かぜ》の吹《ふ》きしく 秋《あき》の野《の》は つらぬきとめぬ 玉《たま》ぞ散《ち》りける

文屋朝康《ふんやのあさやす》
（生没年不明《せいぼつねんふめい》）

まず声に出して読み、下の句をなぞって書こう

歌の意味

葉《は》っぱの上《うえ》で白《しろ》く光《ひか》る露《つゆ》に、しきりに風《かぜ》が吹《ふ》きつける秋《あき》の野《の》原《はら》は、まるで糸《いと》を通《とお》してとめていない真珠《しんじゅ》が飛《と》び散《ち》っているかのようだ。

地球《ちきゅう》に潜入中《せんにゅうちゅう》の宇宙人《うちゅうじん》
きれい…風《かぜ》が吹《ふ》くと水《みず》のつぶが飛《と》び散《ち》って真珠《しんじゅ》みたい…
キラキラ

上の句も下の句も書いておぼえよう

白露に 風の吹きしく 秋の野は
つらぬきとめぬ 玉ぞ散りける

ここに注目！

「秋《あき》の野《の》に風《かぜ》が吹《ふ》いて、草《くさ》についた露《つゆ》が飛《と》ぶようすが真珠《しんじゅ》のようだ」と見立《みた》てた歌だよ。真珠《しんじゅ》は数珠《じゅず》のように糸《いと》でつなぎとめているけど、その糸《いと》が切《き》れるとパラパラッと落《お》ちていく。そのようすと、草《くさ》の露《つゆ》が風《かぜ》に飛《と》ばされる風景《ふうけい》を重《かさ》ね合《あ》わせているんだ。

カメラがないこのころは、一瞬《いっしゅん》の美《うつく》しさを伝《つた》えるために、ことばで表現《ひょうげん》する技術《ぎじゅつ》を磨《みが》いたんだね。

ことばのポイント

白露《しらつゆ》…草《くさ》の葉《は》の上《うえ》で白《しろ》く光《ひか》る露《つゆ》。
吹《ふ》きしく…くりかえし吹《ふ》く。
つらぬきとめぬ…糸《いと》を通《とお》してとめていない。
玉《たま》…真珠《しんじゅ》。露《つゆ》をたとえている。

忘《わす》らるる 身《み》をば思《おも》はず 誓《ちか》ひてし 人《ひと》の命《いのち》の 惜《お》しくもあるかな

右近《うこん》
（生没年不明《せいぼつねんふめい》）

まず声に出して読み、下の句をなぞって書こう

歌の意味

あなたに忘《わす》れられてしまうわたしの身《み》は、どうでも良《よ》いのです。ただ、神《かみ》の前《まえ》で永遠《えいえん》の愛《あい》を約束《やくそく》したあなたが、命《いのち》を落《お》としてしまうことを惜《お》しく思《おも》うのです。

よくも
私《わたし》をふったわね～
ゴゴゴ
あなたに天罰《てんばつ》が
くだればいいわ
ゴゴゴ
いけない！
私《わたし》ったら
こんなことを
思《おも》ってはダメダメ！
ゴッチーン
ゴッチーン

上の句も下の句も書いておぼえよう

忘らるる 身をば思はず 誓ひてし
人の命の 惜しくもあるかな

ここに注目！

「人《ひと》」とは、自分《じぶん》をふった相手《あいて》のこと。「神《かみ》の前《まえ》で愛《あい》を誓《ちか》ったことを破《やぶ》るあの人《ひと》に天罰《てんばつ》が下《くだ》り、命《いのち》を落《お》とさないか心配《しんぱい》なのです」という意味《いみ》だよ。相手《あいて》のことを思《おも》っている歌《うた》だけれど、もしかすると自分《じぶん》を忘《わす》れた相手《あいて》をのろっているんじゃないかと、こわさも感《かん》じてしまうね。

ことばのポイント

身《み》をば思《おも》はず…わが身《み》のことはなんとも思《おも》いません。

誓《ちか》ひてし…神《かみ》の前《まえ》で（永遠《えいえん》に愛《あい》すると）約束《やくそく》した。

人《ひと》の命《いのち》…相手《あいて》（ここではかつての恋人《こいびと》）の命《いのち》。

浅茅生《あさじう》の　小野《おの》の篠原《しのはら》　忍《しの》ぶれど
あまりてなどか　人《ひと》の恋《こい》しき

まず声に出して読み、下の句をなぞって書こう

歌の意味

茅《ちがや》（植物《しょくぶつ》）が生《は》えている小野《おの》の篠原《しのはら》。その篠《しの》（しの）原《はら》のように、思《おも》いを忍《しの》（しの）んできたが、あふれてしまう。どうして、こんなにもあなたが恋《こい》しいのだろう。

しのはらで　しのぶ恋《こい》
愛《いと》しの　おまえが
恋《こい》しいYO《ヨ》!

上の句も下の句も書いておぼえよう

浅茅生の　小野の篠原　忍ぶれど
あまりてなどか　人の恋しき

参議等《さんぎひとし》
（八八〇～九五一年《ねん》）

ここに注目！

浅茅《あさじ》は背《せ》の低《ひく》い茅《ちがや》のことで、篠《しの》原《はら》は細《ほそ》い竹《たけ》の生《は》えている場所《ばしょ》のこと。「浅茅生《あさじう》の　小野《おの》の篠原《しのはら》」までが、次《つぎ》の「忍《しの》ぶれど」を導《みちび》く序詞《じょことば》になっているんだ。

上《かみ》の句《く》は、「の」の音《おん》がくり返《かえ》されていて情景《じょうけい》がテンポよく描《えが》かれている。下《しも》の句《く》は、おさえきれない恋《こい》心《ごころ》を歌《うた》う。上《かみ》の句《く》で風景《ふうけい》を描《えが》き、下《しも》の句《く》で心情《しんじょう》を詠《よ》むという手法《しゅほう》が、みごとに決《き》まった一首《いっしゅ》だね。

ことばのポイント

浅茅生《あさじう》…丈《たけ》の低《ひく》い「茅《ちがや》」という草《くさ》がまばらに生《は》えているところ。
篠原《しのはら》…細《ほそ》い竹《たけ》が生《は》えた野原《のはら》。「忍《しの》ぶ」を導《みちび》き出《だ》す。
あまりて…（恋《こい》しい気持《きも》ちが）多過《おおす》ぎてあふれる。

忍《しの》ぶれど　色《いろ》に出《い》でにけり　我《わ》が恋《こい》は　物《もの》や思《おも》ふと　人《ひと》の問《と》ふまで

平兼盛《たいらのかねもり》（不明《ふめい》〜九九〇年《ねん》）

まず声に出して読み、下の句をなぞって書こう

歌の意味

恋心《こいごころ》を人《ひと》に知《し》られないようにと、かくしてきたけれど、表情《ひょうじょう》に出《で》てしまったようだ。「恋《こい》をしてなやんでいるのか」と、人《ひと》がたずねるくらいに。

き、君《きみ》のことなんて好《す》きじゃないぞ！
ほんとは好《す》きなくせに〜てれちゃって

上の句も下の句も書いておぼえよう

忍ぶれど　色に出でにけり　我が恋は
物や思ふと　人の問ふまで

ここに注目！

忍《しの》ぶ恋《こい》を詠《よ》んだ歌《うた》が続《つづ》くね。「わたしの恋《こい》は、かくそうと思《おも》ったのに表情《ひょうじょう》に出《で》てしまった」というのを、順序《じゅんじょ》を入《い》れかえて「我《わ》が恋《こい》は」を三《さん》句目《くめ》に置《お》くことで、印象《いんしょう》を強《つよ》めているんだ。

「物《もの》や思《おも》ふと」は、「恋《こい》でもしているんですか」と人《ひと》からたずねられたことばだよ。恋心《こいごころ》は包《つつ》みかくせない、というわかりやすい主題《しゅだい》を、技巧《ぎこう》をこらして心《こころ》に残《のこ》る一首《いっしゅ》にしているんだ。

ことばのポイント

忍《しの》ぶれど…人《ひと》に知《し》られないようにと、思《おも》いを心《こころ》に秘《ひ》めてきたけれど。
色《いろ》…表情《ひょうじょう》やしぐさなどのようす。
物《もの》や思《おも》ふと…（恋《こい》をして）何《なに》かなやんでいるのかと。

力《ちから》だめし④

答《こた》えは136ページ

1 上《かみ》の句《く》に続《つづ》く下《しも》の句《く》を選《えら》んで、（　）に記号《きごう》を書《か》きましょう。

［上《かみ》の句《く》］

① 朝《あさ》ぼらけ　有明《ありあけ》の月《つき》と　見《み》るまでに　（　　）

② 山川《やまがわ》に　風《かぜ》のかけたる　しがらみは　（　　）

③ 久方《ひさかた》の　光《ひかり》のどけき　春《はる》の日《ひ》に　（　　）

④ 誰《たれ》をかも　知《し》る人《ひと》にせむ《ん》　高砂《たかさご》の　（　　）

⑤ 人《ひと》はいさ　心《こころ》も知《し》らず　古里《ふるさと》は　（　　）

⑥ 夏《なつ》の夜《よ》は　まだ宵《よい》ながら　明《あ》けぬるを　（　　）

⑦ 白露《しらつゆ》に　風《かぜ》の吹《ふ》きしく　秋《あき》の野《の》は　（　　）

⑧ 忘《わす》らるる　身《み》をば思《おも》は《わ》ず　誓《ちか》ひ《い》てし　（　　）

⑨ 浅茅生《あさじう》の　小野《おの》の篠原《しのはら》　忍《しの》ぶれど　（　　）

⑩ 忍《しの》ぶれど　色《いろ》に出《い》でにけり　我《わ》が恋《こい》は　（　　）

［下《しも》の句《く》］

㋐ 花《はな》ぞ昔《むかし》の　香《か》ににほ《お》ひ《い》ける

㋑ 吉野《よしの》の里《さと》に　降《ふ》れる白雪《しらゆき》

㋒ 流《なが》れもあへ《え》ぬ　紅葉《もみじ》なりけり

㋓ 雲《くも》のいづ《ず》こに　月宿《つきやど》るらむ《ん》

㋔ しづ《ず》心《ごころ》なく　花《はな》の散《ち》るらむ《ん》

㋕ つらぬきとめぬ　玉《たま》ぞ散《ち》りける

㋖ あまりてなどか　人《ひと》の恋《こい》しき

㋗ 人《ひと》の命《いのち》の　惜《お》しくもあるかな

㋘ 松《まつ》も昔《むかし》の　友《とも》ならなくに

㋙ 物《もの》や思《おも》ふ《う》と　人《ひと》の問《と》ふ《う》まで

2 歌《うた》の中《なか》のことばについて考《かんが》えます。太字《ふとじ》のことばの意味《いみ》で正《ただ》しいものを一《ひと》つ選《えら》んで（　）に記号《きごう》を書《か》きましょう。

① 朝《あさ》ぼらけ　**有明《ありあけ》の月《つき》**と　見《み》るまでに
吉野《よしの》の里《さと》に　降《ふ》れる白雪《しらゆき》

ア 海《うみ》の上《うえ》に見《み》える月《つき》
イ 明《あ》け方《がた》まで空《そら》に残《のこ》る月《つき》
ウ 雪《ゆき》の日《ひ》に出《で》る満月《まんげつ》

（　　　）↓48ページ

② 山川《やまがわ》に　風《かぜ》のかけたる　**しがらみ**は
流《なが》れもあへ《え》ぬ　紅葉《もみじ》なりけり

ア 橋《はし》
イ 川《かわ》の流《なが》れをせき止《と》めるためのしかけ
ウ 心《こころ》が落《お》ち着《つ》かないようす

（　　　）↓49ページ

③ 夏《なつ》の夜《よ》は　まだ宵《よい》ながら　明《あ》けぬるを
雲《くも》の**いづ《ず》こ**に　月宿《つきやど》るらむ《ん》

ア どの辺《あた》り
イ いつもの場所《ばしょ》に
ウ きのうとはちがう場所《ばしょ》に

（　　　）↓53ページ

④ 忍《しの》ぶれど　**色《いろ》に出《い》でにけり**　我《わ》が恋《こい》は
物《もの》や思《おも》ふ《う》と　人《ひと》の問《と》ふ《う》まで

ア 表情《ひょうじょう》やしぐさに表《あらわ》れてしまった
イ きれいに染《そ》まった布《ぬの》
ウ 色《いろ》が濃《こ》くなりすぎた染物《そめもの》

（　　　）↓57ページ

★ことばの意味《いみ》がわからないときは、↓○のページを読《よ》んで確認《かくにん》しよう。

41

恋《こい》すてふ　我《わ》が名《な》はまだき　立《た》ちにけり　人《ひと》知《し》れずこそ　思《おも》ひそめしか

壬生忠見《みぶのただみ》（生没年《せいぼつねん》不明《ふめい》）

まず声に出して読み、下の句をなぞって書こう

歌の意味

わたしが恋《こい》をしているといううわさが早《はや》くも立《た》ってしまった。まだ、だれにも知《し》られないようにと、心《こころ》の中《なか》で思《おも》い始《はじ》めたばかりなのに。

上の句も下の句も書いておぼえよう

恋すてふ　我が名はまだき　立ちにけり

人知れずこそ　思ひそめしか

え〜〜!!
あの子《こ》のこと好《す》きなんだろ？
なんで知《し》ってるの？

ここに注目！

これは、天皇《てんのう》もいらっしゃる歌合《うたあわせ》の場《ば》で詠《よ》まれた片思《かたおも》いの歌《うた》。57ページの歌番号《うたばんごう》40番《ばん》「忍《しの》ぶれど」と勝負《しょうぶ》になったことで有名《ゆうめい》だよ。

どちらも良《よ》い歌《うた》なので判定《はんてい》する人《ひと》は困《こま》って、天皇《てんのう》に伺《うかが》った。すると「忍《しの》ぶれど」と口《くち》ずさまれたので、勝敗《しょうはい》が決《き》まったと伝《つた》えられている。

負《ま》けた壬生忠見《みぶのただみ》はがっかりして食事《しょくじ》ものどを通《とお》らなくなり、死《し》んでしまったという伝説《でんせつ》すらあるほどなんだ。

ことばのポイント

恋《こい》すてふ…恋《こい》をしているという。「てふ」は「という」の意味《いみ》。

名《な》…うわさ。評判《ひょうばん》。

まだき…まだその時期《じき》ではないのに。早《はや》くも。

契《ちぎ》りきな　かたみに袖《そで》を　しぼりつつ　末《すえ》の松山《まつやま》　波《なみ》越《こ》さじとは

まず声に出して読み、下の句をなぞって書こう

歌の意味

たがいになみだでぬれる袖《そで》をしぼりながら、約束《やくそく》しましたよね。あの末《すえ》の松山《まつやま》を波《なみ》が越《こ》えることはないのと同《おな》じで、二人《ふたり》の仲《なか》も変《か》わることはないと。

私《わたし》、絶対《ぜったい》にパパと結婚《けっこん》するー
かわいい娘《むすめ》よパパもずーっと大好《だいす》きだぞ
ギュ〜〜〜っ
10年後《ねんご》
パパ！あっち行《い》っててよ！
トモダチくんだよ
ずいぶんな変《か》わりようだなあ

上の句も下の句も書いておぼえよう

契りきな　かたみに袖を　しぼりつつ
末の松山　波越さじとは

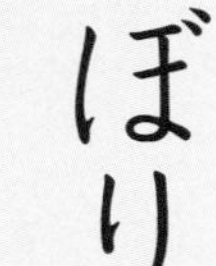

清原元輔《きよはらのもとすけ》（九〇八〜九九〇年《ねん》）

ここに注目！

「末《すえ》の松山《まつやま》」というのは、いまの宮城県《みやぎけん》多賀城市《たがじょうし》近辺《きんぺん》の海岸《かいがん》にあった松《まつ》の名所《めいしょ》。絶対《ぜったい》にないことや、男女《だんじょ》の間《あいだ》で心変《こころが》わりはしないことのたとえとして、和歌ではよく使《つか》われるんだ。このような、みんながよく知《し》っている場所《ばしょ》や題材《だいざい》のことを「歌枕《うたまくら》」というよ。

ふられた男《おとこ》の人《ひと》が、相手《あいて》をうらんでいる歌《うた》だね。和歌《わか》の名手《めいしゅ》だった作者《さくしゃ》の清原元輔《きよはらのもとすけ》が、知《し》り合《あ》いのために代作《だいさく》したといわれているよ。

ことばのポイント

契《ちぎ》りきな…約束《やくそく》しましたね。
かたみに…おたがいに。
波越《なみこ》さじとは…波《なみ》が越《こ》えることはないだろうと。

43

逢《あ》ひ見《み》ての 後《のち》の心《こころ》に くらぶれば 昔《むかし》は物《もの》を 思《おも》はざりけり

権中《ごんちゅう》納《な》言《ごん》敦忠《あつただ》
（九〇六～九四三年《ねん》）

まず声に出して読み、下の句をなぞって書こう

歌の意味

思《おも》いが通《つう》じ合《あ》ったあとの切《せつ》ない思《おも》いにくらべたら、あなたに片思《かたおも》いしていたころのわたしなんて、何《なに》も考《かんが》えていなかったようなものだ。

このロボほしいな～
ワクワク
おもちゃカタログ
ロボを買《か》ってもらった
ロボのことばかり考《かんが》えてしまって勉強《べんきょう》が手《て》につかない…

上の句も下の句も書いておぼえよう

逢ひ見ての 後の心に くらぶれば
昔は物を 思はざりけり

ここに注目!

片思《かたおも》いだったけれど、つきあうことになった。うれしさでいっぱいじゃないかな。ところが、この歌《うた》では「あなたのことを知《し》ってしまったあとでは、いっそう恋《こい》しい思《おも》いがつのってつらくなる。片思《かたおも》いのときはたいしたことなかった」と、いまのつらい気持《きも》ちを訴《うった》えているんだ。

恋人《こいびと》のところで夜《よる》を過《す》ごして帰《かえ》ってきた朝《あさ》、相手《あいて》の人《ひと》に逢《あ》えない時間《じかん》のつらさを詠《よ》んだ歌《うた》なんだね。

ことばのポイント

逢《あ》ひ見《み》ての…思《おも》いが通《つう》じ合《あ》った。

昔《むかし》…ここでは心《こころ》が通《つう》じ合《あ》う以前《いぜん》の片《かた》思《おも》いのときを表《あらわ》す。

物《もの》を思《おも》はざりけり…物思《ものおも》いをしなかったようなものだ。

44

逢《あ》ふ《う》ことの　絶《た》えてしなくは　なかなかに
人《ひと》をも身《み》をも　恨《うら》みざらまし

中納言《ちゅうなごん》朝忠《あさただ》
（九一〇～九六六年《ねん》）

まず声に出して読み、下の句をなぞって書こう

歌の意味

あなたとお逢《あ》いすることがなかったら、むしろ、あなたや自《じ》分《ぶん》をこのように恨《うら》むこともなかっただろうに。

ロボがこわれた！
もう遊《あそ》べない…
ビローン
ガーン
買《か》わなければ
こんなにつらい思《おも》いは
しなかったのに～！

上の句も下の句も書いておぼえよう

逢ふことの　絶えてしなくは　なかなかに
人をも身をも　恨みざらまし

ここに注目！

「逢《あ》う」というのは、おつきあいすること。そんなことがなければ、相《あい》手《て》の冷《つめ》たさを恨《うら》んだり、自《じ》分《ぶん》のせつない思《おも》いに苦《くる》しんだりしなかったのに、と詠《よ》んだ歌《うた》だよ。

この時《じ》代《だい》の貴《き》族《ぞく》は、和《わ》歌《か》で知《ち》性《せい》を競《きそ》ったり、ことばの感《かん》覚《かく》を磨《みが》いたりしていたんだね。恋《こい》の歌《うた》を詠《よ》むことで人《ひと》の心《こころ》の動《うご》きを分《ぶん》析《せき》していたのかもしれないね。

ことばのポイント

絶《た》えてしなくは…まったくなかったとしたら。
なかなかに…かえって。
人《ひと》をも身《み》をも…冷《つめ》たいあなたも、はかない私《わたし》の身《み》の上《うえ》も。
恨《うら》みざらまし…恨《うら》むことはないであろうに。

あは《わ》れとも 言《い》ふ《う》べき人《ひと》は 思《おも》ほ《お》えで 身《み》のいたづ《ず》らに なりぬべきかな

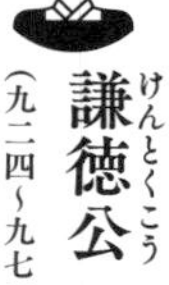

謙徳公《けんとくこう》（九二四～九七二年《ねん》）

まず声に出して読み、下の句をなぞって書こう

歌の意味

わたしのことをかわいそうだと言《い》ってくれる人《ひと》も思《おも》い当《あ》たらない。わたしは、このままむなしく死《し》んでいくにちがいない。

こわれたあのロボはぼくには直《なお》せない新《あたら》しいロボを買《か》うこともできないもう死《し》ぬしかないんだ…
大げさな
限定ロボ完売
プルプル

上の句も下の句も書いておぼえよう

あはれとも 言ふべき人は 思ほえで 身のいたづらに なりぬべきかな

ここに注目！

「かわいそう、とあなたが同情《どうじょう》してつきあってくれないなら、死《し》んでしまうでしょう」という歌《うた》。ずいぶん弱気《よわき》だね。

でも、貴族社会《きぞくしゃかい》では繊細《せんさい》なことも重視《じゅうし》されたので、むしろ情《なさ》けなさを表《おもて》に出《だ》すことで、もてることもあったんだよ。傷《きず》つきやすさを表現《ひょうげん》することが評価《ひょうか》されたんだ。

ことばのポイント

あはれ《わ》…かわいそう。
思《おも》ほ《お》えで…思《おも》い当《あ》たらず。
いたづ《ず》らに…役《やく》に立《た》たない。むだである。「いたづ《ず》らになる」で「死《し》ぬ」という意味《いみ》をふくむ。

由良《ゆら》の門《と》を　渡《わた》る舟人《ふなびと》　梶《かじ》を絶《た》え
行方《ゆくえ》も知《し》らぬ　恋《こい》の道《みち》かな

まず声に出して読み、下の句をなぞって書こう

歌の意味

由良《ゆら》の海峡《かいきょう》を渡《わた》る舟人《ふなびと》が、舟《ふね》をこぐ道具《どうぐ》をなくして行《い》き先《さき》もわからずただよっているように、わたしの恋《こい》もこの先《さき》どうなるかわからないなあ。

こぐ道具《どうぐ》をなくし、ゆらゆらとただようこの舟《ふね》は僕《ぼく》たちの恋《こい》みたいだね
あんたもなんとかしなさいよ!
フフフ…

上の句も下の句も書いておぼえよう

由良の門を　渡る舟人　梶を絶え
行方も知らぬ　恋の道かな

曽禰好忠《そねのよしただ》（生没年不明《せいぼつねんふめい》）

ここに注目!

上の句《く》では、道具《どうぐ》をなくして舟《ふね》をあやつれなくなり、激《はげ》しい流《なが》れの中《なか》でただよう舟人《ふなびと》のことを詠《よ》んでいる。下《しも》の句《く》では、その道具《どうぐ》をなくした舟《ふね》とは、自分《じぶん》が乗《の》った恋《こい》の舟《ふね》だというんだ。情景《じょうけい》と心情《しんじょう》を重《かさ》ね合《あ》わせる、和歌《わか》の王道《おうどう》といえる手法《しゅほう》だね。

作者《さくしゃ》の曽禰好忠《そねのよしただ》は変《か》わり者《もの》で独自《どくじ》の表現法《ひょうげんほう》を好《この》んだ。そのため、歌《うた》が評価《ひょうか》されるようになったのは死《し》んでからなんだよ。

ことばのポイント

由良《ゆら》の門《と》…「由良《ゆら》」とはいまの京都《きょうと》府《ふ》を流《なが》れる由良川《ゆらがわ》といわれる。「門《と》」は、川《かわ》が湾《わん》へ合流《ごうりゅう》して流《なが》れが激《はげ》しいところ。

梶《かじ》…舟《ふね》をこぐ道具《どうぐ》。

絶《た》え…なくして。

八重葎《やえむぐら》 しげれる宿《やど》の さびしきに 人《ひと》こそ見《み》えね 秋《あき》は来《き》にけり

恵《え》慶《ぎょう》法《ほう》師《し》
（生没年不明《せいぼつねんふめい》）

まず声に出して読み、
下の句をなぞって書こう

歌の意味

葎《むぐら》（雑草《ざっそう》）が何重《いくえ》にも生《お》いしげったさびしい家《いえ》。この家《いえ》にはだれ一人《ひとり》訪《おとず》れないが、秋《あき》だけはやって来《き》たのだなあ。

上の句も下の句も
書いておぼえよう

八重葎 しげれる宿の さびしきに
人こそ見えね 秋は来にけり

こんな宿《やど》にも
秋《あき》は来《く》るんだなぁ
誰《だれ》も来《こ》ないけど…
UFO宿
まだ地球にいたのか

ここに注目！

「以前《いぜん》は、たくさんの人《ひと》が集《あつ》まりにぎわっていた広《ひろ》い屋敷《やしき》も、いまは葎《むぐら》がしげり荒《あ》れ果《は》てている。人《ひと》は訪《おとず》れないけれど、秋《あき》はやって来《く》るのだな」と、秋《あき》のさびしい風景《ふうけい》を詠《よ》んだ歌《うた》だね。京都《きょうと》の鴨川《かもがわ》近《ちか》くにあって広《ひろ》い庭《にわ》が有名《ゆうめい》だった河原院《かわらのいん》という屋敷《やしき》の風景《ふうけい》だよ。

さびしいといっても、悪《わる》いイメージではないんだよ。時代《じだい》が流《なが》れ人《ひと》が変《か》わっても、秋《あき》は来《く》る。さびしさの中《なか》にも、風情《ふぜい》を感《かん》じているんだ。

ことばのポイント

葎《むぐら》…雑草《ざっそう》の一種《いっしゅ》。
宿《やど》…家《いえ》。
見《み》えね…訪《たず》ねてこないが。
秋《あき》は来《き》にけり…（人《ひと》は来《こ》ないけれど）秋《あき》はやって来《き》たなあ。

風《かぜ》をいたみ　岩《いわ》うつ波《なみ》の　おのれのみ
くだけて物《もの》を　思《おも》ふころかな

まず声に出して読み、下の句をなぞって書こう

歌の意味

風《かぜ》が激《はげ》しくふいているので、岩《いわ》にうちつける波《なみ》がくだけ散《ち》るように、わたしだけが心《こころ》をくだいて思《おも》いなやんでいるのです。

上の句も下の句も書いておぼえよう

風をいたみ　岩うつ波の　おのれのみ
くだけて物を　思ふころかな

源重之《みなもとのしげゆき》（不明《ふめい》〜一〇〇〇年《ねん》ごろ）

ここに注目！

「好《す》きだよと、女《おんな》の人《ひと》に何度伝《なんどつた》えても相手《あいて》は岩《いわ》のように動《うご》かない。波《なみ》のようにくだけて傷《きず》ついているのは自分《じぶん》だけだ」と、失恋《しつれん》のつらさを詠《よ》んだ歌《うた》だね。

失恋《しつれん》を、わざわざ歌《うた》に詠《よ》んで発表《はっぴょう》するなんて、すごいよね。歌《うた》が上手《じょうず》だということが、それほど高《たか》く評価《ひょうか》される時代《じだい》だったんだ。作者《さくしゃ》の源重之《みなもとのしげゆき》は役人《やくにん》で、地方《ちほう》を回《まわ》ることも多《おお》く、歌《うた》の名手《めいしゅ》としても名高《なだか》かったよ。

ことばのポイント

風《かぜ》をいたみ…風《かぜ》が激《はげ》しく吹《ふ》くので。

くだけて…波《なみ》が岩《いわ》で「くだけて」と、自分《じぶん》の心《こころ》が恋《こい》になやんで「くだけて」という両方《りょうほう》の意味《いみ》がある。

みかきもり　衛士《えじ》のたく火《ひ》の　夜《よる》は燃《も》え
昼《ひる》は消《き》えつつ　物《もの》をこそ思《おも》へ

大中臣能宣朝臣《おおなかとみのよしのぶあそん》
（九二一～九九一年《ねん》）

まず声に出して読み、
下の句をなぞって書こう

歌の意味

宮中《きゅうちゅう》の門《もん》を守《まも》る兵士《へいし》のたくかがり火《び》が、夜《よる》は燃《も》え上《あ》がり昼《ひる》は消《き》えてしまうように、わたしの心《こころ》も燃《も》え上《あ》がったりくすぶったりして思《おも》いなやんでいるのです。

やりたい
放題！
僕《ぼく》は、かがり火《び》のように燃《も》え上《あ》がる
夜《よる》の王《おう》だ！
ポテト
だから昼間《ひるま》は眠《ねむ》いんだ
早《はや》く寝《ね》ないからよ！

上の句も下の句も
書いておぼえよう

みかきもり　衛士のたく火の　夜は燃え
昼は消えつつ　物をこそ思へ

ここに注目！

「宮中《きゅうちゅう》を守《まも》る兵士《へいし》がたくかがり火《び》が燃《も》えて、こうこうと辺《あた》りを照《て》らしているが、この炎《ほのお》も昼間《ひるま》は消《き》えている。夜《よる》は恋《こい》も燃《も》え上《あ》がるけど、昼《ひる》は魂《たましい》が消《き》えてしまうほどつらい自分《じぶん》と同《おな》じだ」と詠《よ》んだんだ。

この時代《じだい》は、昼間《ひるま》にデートができにくくて、夜《よる》になってから男性《だんせい》が女性《じょせい》を訪《たず》ねていたよ。暗闇《くらやみ》に燃《も》えている炎《ほのお》に、恋心《こいごころ》を重《かさ》ねたんだね。

ことばのポイント

みかきもり…宮中《きゅうちゅう》の門《もん》を守《まも》る兵士《へいし》。
衛士《えじ》のたく火《ひ》…諸国《しょこく》から集《あつ》められた兵士《へいし》のたくかがり火《び》。
物《もの》をこそ思《おも》へ…物思《ものおも》いにしずむのだ。

君《きみ》がため　惜《お》しからざりし　命《いのち》さへ《え》
長《なが》くもがなと　思《おも》ひ《い》けるかな

藤原義孝《ふじわらのよしたか》（九五四～九七四年《ねん》）

まず声に出して読み、下の句をなぞって書こう

歌の意味

あなたに逢《あ》うためなら命《いのち》さえも惜《お》しくはなかったけれど、恋《こい》がかなったいまでは、長《なが》く生《い》きてずっとあなたといたいと思《おも》うようになりました。

あなたとつきあえるなら死《し》んでもいいと思《おも》ったけど
やっぱりイヤだ！ずっと長《なが》生《い》きしていっしょにいたいよ
わたしもよ！

上の句も下の句も書いておぼえよう

君がため　惜しからざりし　命さへ
長くもがなと　思ひけるかな

ここに注目！

上《かみ》の句《く》は、恋《こい》しい人《ひと》とつきあう前《まえ》の気持《きも》ちを、下《しも》の句《く》は、つきあったあとの気持《きも》ちを詠《よ》んでいる歌《うた》だね。藤原義孝《ふじわらのよしたか》は、頭《あたま》も良くて、芸事《げいごと》にもすぐれた美男子《びなんし》だったようだけれど、二十一歳《にじゅういっさい》で亡《な》くなったんだ。若《わか》くして死《し》んでしまったことを考《かんが》えると、悲《かな》しさが増《ま》すように思《おも》えるね。

ことばのポイント

君《きみ》がため…あなたに逢《あ》うためなら。
惜《お》しからざりし…惜《お》しくはなかった。
長《なが》くもがな…長《なが》くあってほしいなあ。

力《ちから》だめし⑤

答《こた》えは136ページ

1 上《かみ》の句《く》に続《つづ》く下《しも》の句《く》を選《えら》んで、（　）に記号《きごう》を書《か》きましょう。

［上《かみ》の句《く》］

① 恋《こい》すてふ《ちょう》　我《わ》が名《な》はまだき　立《た》ちにけり（　）

② 契《ちぎ》りきな　かたみに袖《そで》を　しぼりつつ（　）

③ 逢《あ》ひ《い》見《み》ての　後《のち》の心《こころ》に　くらぶれば（　）

④ 逢《あ》ふ《う》ことの　絶《た》えてしなくは　なかなかに（　）

⑤ あは《わ》れとも　言《い》ふ《う》べき人《ひと》は　思《おも》ほ《お》えで（　）

⑥ 由《ゆ》良《ら》の門《と》を　渡《わた》る舟人《ふなびと》　梶《かじ》を絶《た》え（　）

⑦ 八重葎《やえむぐら》　しげれる宿《やど》の　さびしきに（　）

⑧ 風《かぜ》をいたみ　岩《いわ》うつ波《なみ》の　おのれのみ（　）

⑨ みかきもり　衛士《えじ》のたく火《ひ》の　夜《よる》は燃《も》え（　）

⑩ 君《きみ》がため　惜《お》しからざりし　命《いのち》さへ《え》（　）

［下《しも》の句《く》］

ア 長《なが》くもがなと　思《おも》ひ《い》けるかな

イ 人《ひと》をも身《み》をも　恨《うら》みざらまし

ウ 行方《ゆくえ》も知《し》らぬ　恋《こい》の道《みち》かな

エ 昔《むかし》は物《もの》を　思《おも》は《わ》ざりけり

オ 身《み》のいたづ《ず》らに　なりぬべきかな

カ 末《すえ》の松山《まつやま》　波越《なみこ》さじとは

キ 昼《ひる》は消《き》えつつ　物《もの》をこそ思《おも》へ《え》

ク 人《ひと》知《し》れずこそ　思《おも》ひ《い》そめしか

ケ くだけて物《もの》を　思《おも》ふ《う》ころかな

コ 人《ひと》こそ見《み》えね　秋《あき》は来《き》にけり

2 歌《うた》の中《なか》のことばについて考《かんが》えます。太字《ふとじ》のことばの意味《いみ》で正《ただ》しいものを一《ひと》つ選《えら》んで（　）に記号《きごう》を書《か》きましょう。

①
恋《こい》すてふ《ちょう》　我《わ》が名《な》はまだき　立《た》ちにけり
人《ひと》知《し》れずこそ　思《おも》ひ《い》そめしか

㋐ 好《す》きになった蝶《ちょう》
㋑ 恋《こい》を捨《す》てた
㋒ 恋《こい》をしているという

（　　　）

➡60ページ

②
逢《あ》ひ《い》見《み》ての　後《のち》の心《こころ》に　くらぶれば
昔《むかし》は物《もの》を　思《おも》は《わ》ざりけり

㋐ 心《こころ》が通《つう》じ合《あ》う以前《いぜん》の片思《かたおも》いのとき
㋑ 以前《いぜん》の武士《ぶし》の世《よ》の中《なか》では
㋒ あなたが子《こ》どもだったころ

（　　　）

➡62ページ

★ことばの意味《いみ》がわからないときは、➡○のページを読《よ》んで確認《かくにん》しよう。

③
由良《ゆら》の門《と》を　渡《わた》る舟人《ふなびと》　**梶《かじ》を絶《た》え**
行方《ゆくえ》も知《し》らぬ　恋《こい》の道《みち》かな

㋐ 舟《ふね》をこぐ道具《どうぐ》をなくしてしまって
㋑ 舟《ふね》をこぐ道具《どうぐ》を折《お》ってすてて
㋒ 舟《ふね》をこぐ道具《どうぐ》を持《も》たずに海《うみ》に出《で》て

（　　　）

➡65ページ

④
八重《やえ》葎《むぐら》　しげれる宿《やど》の　さびしきに
人《ひと》こそ見《み》えね　**秋《あき》は来《き》にけり**

㋐ 秋《あき》はまだ来《こ》ないなあ
㋑ 秋《あき》はやって来《き》たなあ
㋒ 秋《あき》は過《す》ぎ去《さ》ってしまったなあ

（　　　）

➡66ページ

かくとだに　えやはいぶきの　さしも草《ぐさ》　さしも知《し》らじな　燃《も》ゆる思《おも》ひ《い》を

藤原実方朝臣《ふじわらのさねかたあそん》
（不明《ふめい》～九九八年《ねん》）

まず声に出して読み、下の句をなぞって書こう

歌の意味

せめて、こんなにあなたを思《おも》っていることだけでも言《い》いたいのに、言《い》うことができない。わたしが伊吹山《いぶきやま》のさしも草《ぐさ》（「よもぎ」のこと。お灸《きゅう》に使《つか》うもぐさの材料《ざいりょう》）のように燃《も》える思《おも》いでいることを、あなたはご存《ぞん》じないのでしょうね。

ボウッ
マネージャー
燃《も》え上《あ》がるほどに
大好《だいす》きだー
メラメラ
なにかしら？
急《きゅう》にさむけが…

上の句も下の句も書いておぼえよう

かくとだに　えやはいぶきの　さしも草
さしも知らじな　燃ゆる思ひを

ここに注目！

「お灸《きゅう》」を知《し》っているかな？　体《からだ》のツボにもぐさを置《お》いて火《ひ》をつけ、その熱《ねつ》で病気《びょうき》を治療《ちりょう》する方法《ほうほう》なんだ。「お灸をすえる」という慣用句《かんようく》もあるね。「さしも草《ぐさ》」は、お灸で使《つか》うもぐさのこと。「えやはいぶきの」の伊吹《いぶき》山《やま》は、もぐさの名産地《めいさんち》だったんだ。

思《おも》いを寄《よ》せる相手《あいて》に、初《はじ》めて熱《あつ》い思《おも》いを打《う》ち明《あ》けた歌《うた》なんだよ。

ことばのポイント

いぶき…「言《い》ふ」と「（伊吹《いぶき》の）いふ」の掛詞《かけことば》。

さしも草《ぐさ》…四句《よんく》の「さしも」を導《みちび》き出《だ》す序詞《じょことば》。

思《おも》ひ《い》…「（思《おも》ひ《い》の）ひ」と「火《ひ》」の掛《かけ》詞《ことば》。

52

明《あ》けぬれば　暮《く》るるものとは　知《し》りながら
なほ《お》恨《うら》めしき　朝《あさ》ぼらけかな

藤原道信朝臣《ふじわらのみちのぶあそん》
（九七二～九九四年《ねん》）

まず声に出して読み、下の句をなぞって書こう

歌の意味

夜《よ》が明《あ》けて朝《あさ》になってしまうと、お別《わか》れして帰《かえ》らなければならない。

やがて日《ひ》が暮《く》れ、また夜《よる》が来《く》れば、会《あ》えるとわかってはいるものの、それでもやはり、あなたとはなれなければならない恨《うら》めしい夜明《よあ》けであるなあ。

上の句も下の句も書いておぼえよう

明けぬれば　暮るるものとは　知りながら
なほ恨めしき　朝ぼらけかな

いってらっしゃい
保育園
パパ～！　行《い》かないで
夜《よる》になったら会《あ》えるよ

ここに注目！

「朝《あさ》になると君《きみ》と別《わか》れて、また夜《よる》まで待《ま》たないと会《あ》えないからせつないな」という女《おんな》の人《ひと》への思《おも》いを歌《うた》っているね。これは、夜《よる》をいっしょに過《す》ごして、自分《じぶん》の家《いえ》に帰《かえ》ってきてから女《おんな》の人《ひと》に贈《おく》った歌《うた》なんだ。

「夜《よる》になればまた会《あ》えるのに、その間《あいだ》を待《ま》つのもつらい」なんて言《い》われたら、だれでも心《こころ》をわしづかみにされちゃうね。

ことばのポイント

明《あ》けぬれば…夜《よ》が明《あ》ければという意《い》味《み》。当時《とうじ》の恋人《こいびと》たちは、男《おとこ》の人《ひと》が日《ひ》暮《ぐ》れどきに女《おんな》の人《ひと》の住《す》まいを訪《おとず》れ、夜明《よあ》けには帰《かえ》らなければならないというならわしだった。

朝《あさ》ぼらけ…ほのぼのと夜《よ》が明《あ》けるころ。

嘆《なげ》きつつ ひとり寝《ぬ》る夜《よ》の 明《あ》くる間《ま》は いかに久《ひさ》しき ものとかは知《し》る

右大将道綱母《うだいしょうみちつなのはは》
（九三七ごろ〜九九五年《ねん》）

まず声に出して読み、下の句をなぞって書こう

歌の意味

あなたは今夜《こんや》も来《こ》ないのだと何度《なんど》も何度《なんど》もため息《いき》をついてはひとりさびしく寝《ね》る夜《よる》の、夜《よ》が明《あ》けるまでの時間《じかん》がどんなに長《なが》いものであることか。

そんな思《おも》いをあなたはご存《ぞん》じでしょうか。いや、ご存《ぞん》じないでしょうね。

すっごい待《ま》ったんだから遅《おそ》い〜〜〜!
はやくきてよ〜
3分《ぷん》遅《おく》れただけなのに…

上の句も下の句も書いておぼえよう

嘆きつつ ひとり寝る夜の 明くる間は
いかに久しき ものとかは知る

ここに注目！

作者《さくしゃ》の右大将道綱母《うだいしょうみちつなのはは》は『蜻蛉日記《かげろうにっき》』を書《か》いたことでも有名《ゆうめい》だよ。久《ひさ》しぶりに自分《じぶん》のところを訪《おとず》れた夫《おっと》を扉《とびら》を閉《と》ざして、追《お》い返《かえ》した。そして「長《なが》く待《ま》つことはつらい」と歌《うた》に詠《よ》んで贈《おく》ったんだ。

何人《なんにん》も妻《つま》がいて良《よ》い時代《じだい》だったので、男性《だんせい》が通《かよ》うのは一人《ひとり》の女性《じょせい》のところとは限《かぎ》らなかったんだ。道綱母《みちつなのはは》も、夫《おっと》に別《べつ》の妻《つま》がいて、それががまんできなかったみたいだよ。

ことばのポイント

〜つつ…ある動作《どうさ》をくり返《かえ》す意味《いみ》を表《あらわ》す。

いかに〜かは知《し》る…「どんなに〜であるか知《し》っていますか。いや、知《し》らないでしょう」と、相手《あいて》に強《つよ》く抗議《こうぎ》する思《おも》いを表《あらわ》す。

54

忘《わす》れじの 行末《ゆくすえ》までは かたければ 今日《きょう》を限《かぎ》りの 命《いのち》ともがな

まず声に出して読み、下の句をなぞって書こう

儀同三司母《ぎどうさんしのはは》
(不明《ふめい》～九九六年《ねん》)

歌の意味

忘《わす》れはしないとあなたは言《い》ってくれたけれど、人《ひと》の世《よ》の行《ゆ》く末《すえ》はどうなるかわからない。だから、やさしい言葉《ことば》を受《う》けた今日《きょう》を最後《さいご》に死《し》んでいくわたしの命《いのち》であってほしいものだ(この幸《しあわ》せな気持《きも》ちのまま死《し》んでしまいたい)。

遊園地《ゆうえんち》が楽《たの》しすぎたから僕《ぼく》はずっとここにいる
明日、学校に行きたくない！

上の句も下の句も書いておぼえよう

忘れじの 行末までは かたければ 今日を限りの 命ともがな

ここに注目！

いまが最高《さいこう》！ なのに、いま死《し》んでしまいたいっておかしな感《かん》じだよね。でも、これから先《さき》もずっと幸《しあわ》せかどうかわからないって考《かんが》えると、ちょっと心配《しんぱい》になっちゃうかもしれない。

相手《あいて》がいくら「ずっと忘《わす》れない」なんて言《い》ってくれても、恋愛《れんあい》に永遠《えいえん》なんてないんじゃないかと不安《ふあん》になる気持《きも》ちを歌《うた》っているんだ。

ことばのポイント

忘《わす》れじ…「いつまでも忘《わす》れはしない」と、変《か》わらぬ愛《あい》を約束《やくそく》した夫《おっと》のことば。

かたければ…難《むずか》しい。困難《こんなん》だ。

今日《きょう》を…「今日《きょう》」は、夫《おっと》が「忘《わす》れじ」と言《い》ってくれた、その日《ひ》のこと。

55

滝《たき》の音《おと》は　絶《た》えて久《ひさ》しく　なりぬれど
名《な》こそ流《なが》れて　なほ聞《き》こえけれ

大納言公任《だいなごんきんとう》
（九六六～一〇四一年《ねん》）

まず声に出して読み、下の句をなぞって書こう

歌の意味

滝《たき》の流《なが》れ落《お》ちる音《おと》が聞《き》こえなくなって、長《なが》い年月《ねんげつ》がたってしまったけれど、その滝《たき》の名《な》（評判《ひょうばん》）だけはずっと流《なが》れ伝《つた》わっていて、いまでもやはり人々《ひとびと》に聞《き》こえてくるものだなあ。

おじいさん…
あなたは私《わたし》の
あこがれです
伝説の
紳士像

ここに注目！

歌《うた》の舞台《ぶたい》は嵯峨天皇《さがてんのう》がつくらせた有名《ゆうめい》な滝《たき》で、京都《きょうと》の大覚寺《だいかくじ》にあったんだ。けれども、作者《さくしゃ》の大納言公任《だいなごんきんとう》が訪《おとず》れたころには、滝《たき》はかれ果《は》てていたんだ。

滝《たき》そのものがなくなっても、いい評判《ひょうばん》や記憶《きおく》はまだ残《のこ》っていたんだね。素晴《すば》らしいスポーツ選手《せんしゅ》のプレーの記憶《きおく》が、引退《いんたい》したあとでも、人《ひと》の心《こころ》に残《のこ》り続《つづ》けるのと同《おな》じかもね。

ことばのポイント

音《おと》・絶《た》え・流《なが》れ・聞《き》こえ…「滝《たき》」と関連《かんれん》のある縁語《えんご》。

なり…「（久《ひさ》しくなるの）なり」と「（滝《たき》の音《おと》が鳴《な》るの）鳴《な》り」の掛詞《かけことば》。

上の句も下の句も書いておぼえよう

滝の音は　絶えて久しく　なりぬれど
名こそ流れて　なほ聞こえけれ

あらざらむ《ん》 この世《よ》のほかの 思《おも》ひ出《いで》に いまひとたびの 逢《あ》ふ《う》こともがな

和泉式部《いずみしきぶ》
（九七六ころ～一〇三六年《ねん》ころ）

まず声に出して読み、下の句をなぞって書こう

歌の意味

まもなくわたしは死《し》んで、この世《よ》からいなくなるだろう。あの世《よ》に行《い》ったときの思《おも》い出《で》として、死《し》ぬ前《まえ》にせめてもう一《いち》度《ど》だけあなたにお逢《あ》いしたいものだなあ。

死《し》ぬ前《まえ》に
もう一度《いちど》
あなたに
会《あ》いたい
あの世《よ》での
思《おも》い出《で》になるから…
あなたに会《あ》ったら
元気《げんき》に
なっちゃった～
ただのかぜなのに
大《おお》げさだなあ

上の句も下の句も書いておぼえよう

あらざらむ この世のほかの 思ひ出に
いまひとたびの 逢ふこともがな

ここに注目！

和泉式部《いずみしきぶ》は平安時代《へいあんじだい》を代表《だいひょう》する恋《こい》多《おお》き美人《びじん》だよ。これは、病気《びょうき》になったとき、死《し》んでしまう前《まえ》にもう一度《いちど》恋人《こいびと》に逢《あ》いたい、という気持《きも》ちを詠《よ》んだ歌《うた》なんだ。

恋《こい》に生《い》きた和泉式部《いずみしきぶ》は、のちの女性《じょせい》に大《おお》きな影響《えいきょう》を与《あた》えた。明治《めいじ》から昭和《しょうわ》の女性歌人《じょせいかじん》・与謝野晶子《よさのあきこ》もその一人《ひとり》で、代表歌集《だいひょうかしゅう》『みだれ髪《がみ》』にも彼女《かのじょ》の影響《えいきょう》が色濃《いろこ》く感《かん》じられるよ。

ことばのポイント

あらざらむ《ん》…生《い》きてはいないだろう。
この世《よ》のほか…「この世《よ》」は現世《げんせ》のこと。「この世《よ》のほか」はその外《ほか》、つまり、来世《らいせ》・死後《しご》の世界《せかい》のこと。
逢《あ》ふ《う》こともがな…「お逢《あ》いできたらなあ」という願《ねが》いを表《あらわ》す。

めぐり逢《あ》ひて　見《み》しやそれとも　わかぬ間《ま》に
雲隠《くもがく》れにし　夜半《よわ》の月《つき》かな

まず声に出して読み、下の句をなぞって書こう

歌の意味

久《ひさ》しぶりにめぐり逢《あ》ったのに、あなたかどうかよくわからないうちに、あわただしく姿《すがた》を消《け》してしまったことだなあ。雲《くも》の間《あいだ》に隠《かく》れてしまった夜中《よなか》の月《つき》のように。

上の句も下の句も書いておぼえよう

めぐり逢ひて　見しやそれとも　わかぬ間に
雲隠れにし　夜半の月かな

紫式部《むらさきしきぶ》
（九七〇ごろ～一〇一四年《ねん》ごろ）

ここに注目!

「久《ひさ》しぶりに会《あ》ったのに、あなたはすぐ行《い》ってしまった」と幼《おさな》なじみの女友《おんなとも》だちとの再会《さいかい》を詠《よ》んだ紫式部《むらさきしきぶ》の歌《うた》。会《あ》えたのに、わずかな時間《じかん》で去《さ》ってしまった友人《ゆうじん》と雲《くも》に隠《かく》れた月《つき》とをうまく組《く》み合《あ》わせた歌《うた》だね。

紫式部《むらさきしきぶ》は、当時《とうじ》のベストセラー『源氏物語《げんじものがたり》』の作者《さくしゃ》だよ。「淡路島《あわじしま》　かよふ千鳥《うちどり》の　鳴《な》く声《こえ》に　幾夜寝覚《いくよねざ》めぬ　須磨《すま》の関守《せきもり》」（103ページ）も、この作品《さくひん》をヒントにしたといわれているんだ。

ことばのポイント

めぐり逢《あ》ひて…「めぐる」と「月《つき》」は関連《かんれん》のある縁語《えんご》。

雲隠《くもがく》れにし…月《つき》が雲《くも》の間《あいだ》に隠《かく》れてしまったという意味《いみ》だが、友《とも》の姿《すがた》が見《み》えなくなったという意味《いみ》も表《あらわ》す。

58

有馬山《ありまやま》　猪名《いな》の笹原《ささはら》　風吹《かぜふ》けば　いでそよ人《ひと》を　忘《わす》れやはする

大弐三位《だいにのさんみ》
（九九九ごろ～一〇八二年《ねん》ごろ）

ここに注目！

紫式部《むらさきしきぶ》の娘《むすめ》、大弐三位《だいにのさんみ》の歌《うた》だよ。彼女《かのじょ》のところに来《こ》なくなってきた男性《だんせい》が「わたしのことをお忘《わす》れですか？」と言《い》ってきた。なんてずうずうしいんだろう、と思《おも》ってその気持《きも》ちをさらりと歌《うた》で返《かえ》したんだ。

上《かみ》の句《く》で軽《かろ》やかな風景《ふうけい》を描《えが》いて、下《しも》の句《く》で「通《かよ》ってこないのはあなたのほうでしょ」とピシャリと決《き》めるのは、さすがだね。

まず声に出して読み、下の句をなぞって書こう

有馬山行き
僕《ぼく》のことを忘《わす》れないで！あなたが僕《ぼく》を忘《わす》れそうで不安《ふあん》なのです！
私《わたし》は忘《わす》れないわよ。忘《わす》れそうなのはあなたの方《ほう》よ！
ピー
早《はや》く乗《の》ってくださ～い

歌の意味

有馬山《ありまやま》に近《ちか》い猪名《いな》の笹原《ささはら》に風《かぜ》が吹《ふ》くと、笹《ささ》の葉《は》がそよそよと音《おと》を立《た》てます。

そう、それですよ。あなたは「自分《じぶん》のことを忘《わす》れたのか」と言《い》いますが、忘《わす》れたのはあなた。わたしがあなたを忘《わす》れるでしょうか、決《けっ》して忘《わす》れはしませんよ。

ことばのポイント

有馬山猪名《ありまやまいな》の笹原風吹《ささはらかぜふ》けば…「そよ」を導《みちび》き出《だ》す序詞《じょことば》。

そよ…笹《ささ》が風《かぜ》にそよぐ葉音《はおと》の「そよ」と、「それですよ」の「そよ」との掛詞《かけことば》。

忘《わす》れやはする…忘《わす》れるでしょうか。決《けっ》して忘《わす》れないでしょう。

上の句も下の句も書いておぼえよう

有馬山　猪名の笹原　風吹けば
いでそよ人を　忘れやはする

59

やすら《わ》はで　寝《ね》なましものを　小《さ》夜《よ》更《ふ》けて　かたぶくまでの　月《つき》を見《み》しかな

赤染衛門《あかぞめえもん》
（九五六ごろ～一〇四一年《ねん》ごろ）

まず声に出して読み、下の句をなぞって書こう

歌の意味

あなたがおいでにならないことをはじめから知《し》っていたら、ためらわずに寝《ね》ていただろうに。

あなたをいまかいまかとお待《ま》ちするうちに夜《よ》が更《ふ》け、夜明《よあ》け近《ちか》くに西《にし》にかたむきしずんでゆくまでの月《つき》を見《み》てしまいましたよ。

今日《きょう》、遊《あそ》びに行《い》くね
アイスいっしょに食《た》べよう
まだ来《こ》ないな
アイスが溶《と》けるようすはなんだか悲《かな》しい…
ごめん忘《わす》れてた！

上の句も下の句も書いておぼえよう

やすらはで　寝なましものを　小夜更けて
かたぶくまでの　月を見しかな

ここに注目！

平安時代《へいあんじだい》までは、女性《じょせい》は男性《だんせい》が訪《おとず》れるのを待《ま》つだけだった。「今夜行《こんやい》くよ」と言《い》われて待《ま》っていたら、夜明《よあ》けが近《ちか》づいて月《つき》が西《にし》にかたむいてしまった、というせつない情景《じょうけい》の歌《うた》だね。

女性歌人《じょせいかじん》・赤染衛門《あかぞめえもん》が、待《ま》ちぼうけをくわされた自分《じぶん》の姉妹《しまい》にかわって、相手《あいて》の藤原道隆《ふじわらのみちたか》にあてた歌《うた》といわれているよ。男女《だんじょ》の仲《なか》でなくても、約束《やくそく》は守《まも》らないといけないよね。

ことばのポイント

やすらはで…「やすらふ《う》」は、「ためらう・ぐずぐずする」という意味《いみ》。「で」は「～ないで」という打《う》ち消《け》しの意味《いみ》を表《あらわ》す接続語《せつぞくご》。

かたぶく…月《つき》が西《にし》の山《やま》にかたむくことで、夜明《よあ》けが近《ちか》いことを意味《いみ》する。

大江山《おおえやま》 いく野《の》の道《みち》の 遠《とお》ければ まだふみもみず 天《あま》の橋立《はしだて》

まず声に出して読み、下の句をなぞって書こう

歌の意味

大江山《おおえやま》をこえて、生野《いくの》を通《とお》って（母《はは》が住《す》んでいる丹後《たんご》へ）行《い》く道《みち》は遠《とお》いので、まだとちゅうにある天《あま》の橋立《はしだて》の地《ち》に足《あし》をふみ入《い》れてもいないし、また、母《はは》からの手紙《てがみ》も見《み》ていません。

上の句も下の句も書いておぼえよう

大江山 いく野の道の 遠ければ
まだふみもみず 天の橋立

小式部内侍《こしきぶのないし》
（九九九ごろ〜一〇二五年《ねん》）

ここに注目!

作者《さくしゃ》の小式部内侍《こしきぶのないし》は、歌《うた》の名手《めいしゅ》和泉式部《いずみしきぶ》の娘《むすめ》だよ。あるとき、すれちがいざまに「歌合《うたあわせ》（和歌《わか》をつくり合《あ》うゲーム）の歌《うた》はどうしましたか。お母《かあ》さんに代作《だいさく》を頼《たの》みましたか」とからかった人《ひと》がいた。

むっとして、その場《ば》で詠《よ》んだのがこの歌《うた》。「（母《はは》のいる丹後国《たんごのくに》には）行《い》ったこともない」と、「母《はは》の手紙《てがみ》を見《み》ていない」という二《ふた》つを「ふみもみず」にかけたうまい切《き》り返《かえ》しだね。

ことばのポイント

いく野《の》の道《みち》…「いく野《の》（生野《いくの》）」は丹波国《たんばのくに》（いまの京都府福知山市《きょうとふふくちやまし》）にある地名《ちめい》で、「行《い》く」をかけた掛詞《かけことば》。

ふみもみず…「ふみ」は「踏《ふ》み」と「文《ふみ》（手紙《てがみ》）」の掛詞《かけことば》。また、「踏《ふ》み」と「橋《はし》」は関連《かんれん》のある縁語《えんご》。

力《ちから》だめし ⑥

答《こた》えは136ページ

1 上《かみ》の句《く》に続《つづ》く下《しも》の句《く》を選《えら》んで、（　）に記号《きごう》を書《か》きましょう。

［上《かみ》の句《く》］

① かくとだに　えやはいぶきの　さしも草《ぐさ》　（　　）

② 明《あ》けぬれば　暮《く》るるものとは　知《し》りながら　（　　）

③ 嘆《なげ》きつつ　ひとり寝《ぬ》る夜《よ》の　明《あ》くる間《ま》は　（　　）

④ 忘《わす》れじの　行末《ゆくすえ》までは　かたければ　（　　）

⑤ 滝《たき》の音《おと》は　絶《た》えて久《ひさ》しく　なりぬれど　（　　）

⑥ あらざらむ《ん》　この世《よ》のほかの　思《おも》ひ《い》出《で》に　（　　）

⑦ めぐり逢《あ》ひ《い》て　見《み》しやそれとも　わかぬ間《ま》に　（　　）

⑧ 有馬山《ありまやま》　猪名《いな》の笹原《ささはら》　風吹《かぜふ》けば　（　　）

⑨ やすらは《わ》で　寝《ね》なましものを　小夜更《さよふ》けて　（　　）

⑩ 大江山《おおえやま》　いく野《の》の道《みち》の　遠《とお》ければ　（　　）

［下《しも》の句《く》］

ア なほ《お》恨《うら》めしき　朝《あさ》ぼらけかな

イ 雲隠《くもがく》れにし　夜半《よわ》の月《つき》かな

ウ 今日《きょう》を限《かぎ》りの　命《いのち》ともがな

エ いかに久《ひさ》しき　ものとかは知《し》る

オ いまひとたびの　逢《あ》ふ《う》こともがな

カ 名《な》こそ流《なが》れて　なほ《お》聞《き》こえけれ

キ さしも知《し》らじな　燃《も》ゆる思《おも》ひ《い》を

ク まだふみもみず　天《あま》の橋立《はしだて》

ケ かたぶくまでの　月《つき》を見《み》しかな

コ いでそよ人《ひと》を　忘《わす》れやはする

2 歌《うた》の中《なか》のことばについて考《かんが》えます。

太字《ふとじ》のことばの意味《いみ》で正《ただ》しいものを一《ひと》つ選《えら》んで（　）に記号《きごう》を書《か》きましょう。

① 明《あ》けぬれば　暮《く》るるものとは　知《し》りながら
なほ恨《うら》めしき　**朝《あさ》ぼらけ**かな

㋐ ほのぼのと夜《よ》が明《あ》けるころ
㋑ 夜明《よあ》けから時間《じかん》がたって昼近《ひるちか》く
㋒ 朝《あさ》のぼおっとしたようす

（　　）

↓73ページ

② **やすらはで**　寝《ね》なましものを　小夜更《さよふ》けて
かたぶくまでの　月《つき》を見《み》しかな

㋐ 心配《しんぱい》して
㋑ おなかがすいたので
㋒ ためらわずに

（　　）

↓80ページ

★ことばの意味《いみ》や掛詞《かけことば》がわからないときは、↓○のページを読《よ》んで確認《かくにん》しよう。

3 掛詞《かけことば》について、確《たし》かめます。

問《と》われていることばを一《ひと》つ選《えら》んで（　）に記号《きごう》を書《か》きましょう。

① 滝《たき》の音《おと》は　［絶《た》えて］㋐　久《ひさ》しく　［なり］㋑ぬれど
［名《な》こそ］㋒　流《なが》れて　なほ聞《き》こえけれ

掛詞《かけことば》は（　　）

↓76ページ

② 有馬山《ありまやま》　猪名《いな》の［笹原《ささはら》］㋐　風《かぜ》　［吹《ふ》けば］㋑
いで［そよ］㋒人《ひと》を　忘《わす》れやはする

掛詞《かけことば》は（　　）

↓79ページ

いにしへ《え》の 奈良《なら》の都《みやこ》の 八重桜《やえざくら》 けふ《きょう》九重《ここのえ》に にほ《お》ひ《い》ぬるかな

まず声に出して読み、下の句をなぞって書こう

歌の意味

昔《むかし》の都《みやこ》があった奈良《なら》で美《うつく》しくさいていた八重桜《やえざくら》（という種類《しゅるい》の桜《さくら》）が、今日《きょう》はこの（京都《きょうと》の）九重《ここのえ》の宮中《きゅうちゅう》で、ひときわ美《うつく》しくさきほこっているなあ。

上の句も下の句も書いておぼえよう

いにしへの 奈良の都の 八重桜
けふ九重に にほひぬるかな

伊勢大輔《いせのたいふ》（九八九ごろ～一〇六〇年《ねん》ごろ）

ここに注目！

奈良《なら》から京《きょう》の都《みやこ》へとどけられた八《や》重《え》桜《ざくら》にそえる歌《うた》を、その場《ば》で詠《よ》みなさいと命《めい》ぜられた作者《さくしゃ》の伊勢大輔《いせのたいふ》。宮中《きゅうちゅう》に務《つと》めはじめたばかりだったけれど、見事《みごと》にその大役《たいやく》を果《は》たしたよ。

いにしへ（昔《むかし》）と京《きょう》（今日《きょう》）、八重《やえ》と九重《ここのえ》（宮中という意味《いみ》があるよ）のように対《つい》になることばをうまく使《つか》った、印象的《いんしょうてき》な一首《いっしゅ》だね。命《めい》じたのは紫式部《むらさきしきぶ》。大輔《たいふ》の才能《さいのう》を信頼《しんらい》してデビューを飾《かざ》らせたんだね。

ことばのポイント

けふ…「けふ《きょう》（今日《きょう》）」と「京《きょう》（今《いま》の都《みやこ》である京《きょう》）」の掛詞《かけことば》。

九重《ここのえ》…「ここの辺《へ》」と「九重《ここのえ》（宮中《きゅうちゅう》）」をかけている。

夜《よ》をこめて　鳥《とり》の空音《そらね》は　はかるとも　よに逢坂《おうさか》の　関《せき》はゆるさじ

清少納言《せいしょうなごん》（九六六ごろ〜一〇二五年《ねん》ごろ）

まず声に出して読み、下の句をなぞって書こう

歌の意味

まだ夜《よ》が明《あ》けないうちに、夜明《よあ》けを知《し》らせるにわとりの鳴《な》き声《ごえ》をまねして人《ひと》をだまそうとしても（あの函谷関《かんこくかん》ならばともかく）、この逢坂《おうさか》の関《せき》を通《とお》すことは決《けっ》して許《ゆる》さないでしょう（だまそうとしても、わたしは決《けっ》して逢《あ》うことを許《ゆる》さないでしょう）。

上の句も下の句も書いておぼえよう

夜をこめて　鳥の空音は　はかるとも
よに逢坂の　関はゆるさじ

コケコッコー
にわとりのモノマネくらいじゃだませないし私《わたし》は起《お》きないわよ

ここに注目！

用事《ようじ》があると帰《かえ》った藤原行成《ふじわらのゆきなり》が、相手《あいて》の清少納言《せいしょうなごん》に「夜明《よあ》けを告《つ》げるにわとりの声《こえ》にせかされて帰《かえ》りました」と文《ふみ》を送《おく》ったよ。「にわとりって＊函谷関《かんこくかん》の？」と清少納言《せいしょうなごん》は返事《へんじ》をしたんだ。

行成《ゆきなり》の「そうではなく、あなたと逢《あ》う逢坂《おうさか》の関《せき》ですよ」との返事《へんじ》に、「逢坂《おうさか》の関守《せきもり》もわたしもだまされませんよ」と返《かえ》した歌《うた》で、知識《ちしき》のやりとりを楽《たの》しんでいるんだね。

ことばのポイント

よに…打《う》ち消《け》しの語《ご》をともなって、「決《けっ》して〜ないだろう」という意味《いみ》。

逢坂《おうさか》の関《せき》…山城国《やましろのくに》（いまの京都府《きょうとふ》）と近江国《おうみのくに》（いまの滋賀県《しがけん》）の境《さかい》の関所《せきしょ》。「逢坂《おうさか》」は、地名《ちめい》と「逢《あ》ふ」の掛詞《かけことば》。

＊函谷関《かんこくかん》…夜明《よあ》けににわとりが鳴《な》かないと通《とお》ることのできない古代中国《こだいちゅうごく》の関所《せきしょ》。うまくにわとりの鳴《な》きまねをして逃《に》げ出《だ》したという昔《むかし》の有名《ゆうめい》な話《はなし》がある。

今《いま》はただ 思《おも》ひ《い》絶《た》えなむ《ん》 とばかりを 人《ひと》づてならで いふ《う》よしもがな

左京大夫道雅《さきょうのだいぶみちまさ》
（九九二〜一〇五四年《ねん》）

まず声に出して読み、下の句をなぞって書こう

歌の意味

今《いま》となっては、ただもう思《おも》いをあきらめてしまおうというそのことだけを、せめて人《ひと》を通《とお》してではなく、直接《ちょくせつ》お会《あ》いして、お話《はな》しする手段《しゅだん》があってほしいものだなあ。

まさしくん
転校《てんこう》しちゃったの!?
え〜〜!!
直接《ちょくせつ》
さよならが
言《い》いたかったな

ここに注目！

「恋仲《こいなか》なのに引《ひ》き離《はな》されることになった。別《わか》れる前《まえ》にひと目《め》でいいから彼女《かのじょ》に会《あ》って、直接《ちょくせつ》あきらめのことばを伝《つた》えたい」という歌《うた》だよ。
相手《あいて》は身分《みぶん》の高《たか》い女性《じょせい》。不遇《ふぐう》だった作者《さくしゃ》の左京大夫道雅《さきょうのだいぶみちまさ》は、彼女《かのじょ》の愛《あい》で安《やす》らぎを得たんだ。でも、彼女《かのじょ》の父《ちち》が二人《ふたり》のつきあいを禁《きん》じた。彼《かれ》はなげき、彼女《かのじょ》は出家《しゅっけ》して二十三歳《にじゅうさんさい》で亡《な》くなってしまったよ。

ことばのポイント

今《いま》はただ…今《いま》となってはもう。「今《いま》」は、相手《あいて》の女性《じょせい》との恋《こい》を禁《きん》じられた現在《げんざい》のことをさしている。

いふ《う》よしもがな…「よし」は方法《ほうほう》・手段《しゅだん》。「もがな」は「〜があればいいのになあ」という願望《がんぼう》の意味《いみ》を表《あらわ》す。

上の句も下の句も書いておぼえよう

今はただ 思ひ絶えなむ とばかりを
人づてならで いふよしもがな

朝《あさ》ぼらけ　宇治《うじ》の川霧《かわぎり》　たえだえに　あらは《わ》れわたる　瀬々《せぜ》の網代木《あじろぎ》

まず声に出して読み、下の句をなぞって書こう

権中納言定頼《ごんちゅうなごんさだより》（九九五～一〇四五年《ねん》）

歌の意味

明《あ》け方《がた》、辺《あた》りがほのぼのと明《あか》るくなるころ、宇治川《うじがわ》に立《た》ちこめていた川霧《かわぎり》がとぎれとぎれに消《き》えていく。

その霧《きり》の絶《た》え間《ま》のあちらこちらに、次々《つぎつぎ》と見《み》えてくる浅瀬《あさせ》の網代木《あじろぎ》（竹《たけ》などで編《あ》んだ魚《さかな》をとるためのしかけ）よ。

上の句も下の句も書いておぼえよう

朝ぼらけ　宇治の川霧　たえだえに
あらはれわたる　瀬々の網代木

霧《きり》の中《なか》からあらわれた謎紳士《なぞしんし》…親切《しんせつ》だった。
ここは十字路《じゅうじろ》。車《くるま》に気《き》をつけて
ビックリしたけどやさしい…

ここに注目！

「冬《ふゆ》の朝《あさ》、川面《かわも》に霧《きり》が立《た》ちこめている。明《あか》るさが増《ま》すにつれて、しだいに霧《きり》がとぎれて、網代木《あじろぎ》という鮎《あゆ》の稚魚《ちぎょ》をとらえるしかけのくいが見《み》えてきた」という、静《しず》かな絵《え》のような情景《じょうけい》を詠《よ》んだ歌《うた》だね。

いまなら、思《おも》わずスマートホンで撮影《さつえい》するかな。あえて、ことばで風《ふう》景《けい》を表現《ひょうげん》してみるのもおもしろいかもね。

ことばのポイント

たえだえに…「（川霧《かわぎり》が）とぎれとぎれに」と「（網代木《あじろぎ》が霧《きり》の）切《き》れ目《め》切《き》れ目《め》に」の掛詞《かけことば》。

あらは《わ》れわたる…（川霧《かわぎり》の間《あいだ》の）あちらこちらに現《あらわ》れてくる。

65

恨《うら》みわび ほさぬ袖《そで》だに あるものを 恋《こい》に朽《く》ちなむ 名《な》こそ惜《お》しけれ

まず声に出して読み、下の句をなぞって書こう

歌の意味

冷《つめ》たいあなたを恨《うら》む気力《きりょく》ももう失《うしな》って、なみだをかわかす間《ま》もない袖《そで》も惜《お》しい（だめになる）のに、まして、この恋《こい》のうわさでわたしの世間《せけん》での評判《ひょうばん》まで下《さ》がってしまうであろうことが、本当《ほんとう》に惜《お》しいことだ。

ヒソ
ヒソ
あの子《こ》 テスト中《ちゅう》に カンニングしたらしいよ
そんなこと してないのに…
うそのうわさで 成績《せいせき》を下《さ》げるのは やめてくださいね
そんなことは しないよ

上の句も下の句も書いておぼえよう

恨みわび ほさぬ袖だに あるものを
恋に朽ちなむ 名こそ惜しけれ

相模《さがみ》（生没年不明《せいぼつねんふめい》）

ここに注目！

恋《こい》がうまくいかず、なみだが止《と》まらない。いまならハンカチだけど、このころは着物《きもの》の袖《そで》でなみだをふいた。乾《かわ》く間《ま》もなくて、袖《そで》がだめになってしまうほどだったんだね。

でも、それよりも失恋《しつれん》のうわさで自分《じぶん》の評判《ひょうばん》が下《さ》がってしまうほうが惜《お》しいと詠《よ》んだ歌《うた》なんだ。当時《とうじ》の貴《き》族社会《ぞくしゃかい》では、悪《わる》い評判《ひょうばん》が立《た》つことをとてもおそれていたんだよ。

ことばのポイント

恨《うら》みわび…恨《うら》む気力《きりょく》を失《うしな》って。「～わぶ」は、「～をし通《とお》す気力《きりょく》を失《うしな》う」という意味《いみ》。

朽《く》ちなむ…「なみだでぬれた袖《そで》」と「世間《せけん》でのわたしの評判《ひょうばん》」の両方《りょうほう》が、「朽《く》ちる（だめになる）」という意味《いみ》。

もろともに あは《わ》れと思《おも》へ《え》 山桜《やまざくら》 花《はな》よりほかに 知《し》る人《ひと》もなし

まず声に出して読み、下の句をなぞって書こう

歌の意味

わたしがおまえをしみじみといとしく思《おも》うように、おまえもいっしょにわたしのことをしみじみといとしく思《おも》っておくれ、山桜《やまざくら》よ。

花《はな》であるおまえ以外《いがい》に、わたしの気持《きも》ちをわかってくれるものはいないのだから。

上の句も下の句も書いておぼえよう

もろともに あはれと思へ 山桜
花よりほかに 知る人もなし

大僧正行尊《だいそうじょうぎょうそん》（一〇五五～一一三五年《ねん》）

ここに注目！

山《やま》の中《なか》で厳《きび》しい修行《しゅぎょう》をしている作者《さくしゃ》の目《め》にとまったのが、人知《ひとし》れず美《うつく》しくさいている山桜《やまざくら》。山桜《やまざくら》よ、と呼《よ》びかけており、山桜《やまざくら》を擬人化《ぎじんか》しているよ。だれに知《し》られるともなく一人《ひとり》修行《しゅぎょう》をする自分《じぶん》の姿《すがた》と、誰《だれ》に見《み》られるでもなくさいている桜《さくら》が重《かさ》なったんだね。

桜以外《さくらいがい》には、この山奥《やまおく》で自分《じぶん》を見《み》ている人《ひと》はいない、というわびしさと人恋《ひとこい》しさを歌《うた》にこめたんだ。

ことばのポイント

もろともに…「いっしょに」という意味《いみ》。

知《し》る人《ひと》…単《たん》なる知人《ちじん》というより、ここでは、心《こころ》の通《かよ》い合《あ》う人《ひと》・共感《きょうかん》し合《あ》える人《ひと》のこと。

春《はる》の夜《よ》の 夢《ゆめ》ばかりなる 手枕《たまくら》に かひ《い》なく立《た》たむ《ん》 名《な》こそ惜《お》しけれ

周防内侍《すおうのないし》
（生没年不明《せいぼつねんふめい》）

まず声に出して読み、
下の句をなぞって書こう

歌の意味

短《みじか》い春《はる》の夜《よ》の夢《ゆめ》ほどの、はかないたわむれにあなたの腕《うで》を枕《まくら》にしたら、何《なん》のかいもない（二人《ふたり》が恋人《こいびと》だという）うわさが立《た》ってしまうだろう。それが口惜《くちお》しいことです。

上の句も下の句も書いておぼえよう

春の夜の 夢ばかりなる 手枕に かひなく立たむ 名こそ惜しけれ

ここに注目！

女友《おんなとも》だちとのおしゃべりに疲《つか》れてきた作者《さくしゃ》が「枕《まくら》がほしいわね」と言《い》ったのを聞いて、すだれの向《む》こうから「これをどうぞ」と男性《だんせい》が腕《うで》を出《だ》してきた。

腕枕《うでまくら》を借《か》りては、あの二人《ふたり》は恋人《こいびと》だと悪《わる》いうわさを立《た》てられてしまう。歌《うた》を詠《よ》んでやんわりと断《ことわ》るところがうまいよね。背景《はいけい》を知《し》って、男女間《だんじょかん》の軽《かる》いやりとりを楽《たの》しもう。

ことばのポイント

かひ《い》なく…「かひ《い》なし（=何《なん》のかいもない）」と「かひ《い》な（腕《うで》）」の掛詞《かけことば》。また、「かひ《い》な（腕《うで》）」と「手枕《たまくら》（まくら）」は関連《かんれん》のある縁語《えんご》。

名《な》…「評判《ひょうばん》・うわさ」という意味《いみ》。

68

心《こころ》にも　あらでうき世《よ》に　ながらへ《え》ば　恋《こい》しかるべき　夜半《よわ》の月《つき》かな

三条院《さんじょうのいん》
（九七六～一〇一七年《ねん》）

まず声に出して読み、下の句をなぞって書こう

歌の意味

わたしの本心《ほんしん》からではないが、もしこのつらくはかない世《よ》の中《なか》で長《なが》く生《い》き続《つづ》けたならば、きっといつか、今夜《こんや》見《み》るこの夜《よ》ふけの美《うつく》しい月《つき》を恋《こい》しく思《おも》い出《だ》すことだろうなあ。

人生《じんせい》に
生《い》きる価値《かち》が
あるのかな…
大丈夫《だいじょうぶ》さ！
月《つき》さんてば
イケメン♥

上の句も下の句も書いておぼえよう

心にも　あらでうき世に　ながらへば
恋しかるべき　夜半の月かな

ここに注目！

この歌《うた》の作者《さくしゃ》の三条院《さんじょうのいん》は恵《めぐ》まれない天皇《てんのう》だった。住《す》まいが二度《にど》も火事《かじ》にあった上《うえ》、病《やまい》で目《め》が見《み》えなくなりそうだったんだ。この月《つき》も、もう見《み》ることができないのかと思《おも》いながら詠《よ》んだ歌《うた》だよ。

しばらくして天皇《てんのう》を退位《たいい》。その翌《よく》年《とし》には亡《な》くなったんだ。月《つき》の冷《つめ》たい輝《かがや》きに、自分《じぶん》の絶望《ぜつぼう》をたくしたんだね。

ことばのポイント

心《こころ》にもあらで…「自分《じぶん》の本意《ほんい》ではなく」という意味《いみ》。下《した》に「うき世《よ》にながらへ《え》ば」とあり、早《はや》くこの世から去《さ》りたいというのが自分《じぶん》の本意《ほんい》であることを表《あらわ》す。

69

嵐《あらし》吹《ふ》く　三室《みむろ》の山《やま》の　もみぢ葉《ば》は
竜田《たつた》の川《かわ》の　錦《にしき》なりけり

能因法師《のういんほうし》
（九八八年《ねん》～不明《ふめい》）

まず声に出して読み、下の句をなぞって書こう

歌の意味

激《はげ》しい嵐《あらし》が吹《ふ》き散《ち》らした三室《みむろ》の山《やま》（奈良県生駒郡《ならけんいこまぐん》の神南備《かんなび》山《やま》）のもみじの葉《は》は、竜田《たつた》の川《かわ》（三室《みむろ》の山《やま》の東《ひがし》を流《なが》れる川《かわ》）の川面《かわも》を紅《くれない》にうめつくしている。

まるで錦《にしき》の織物《おりもの》のようであるなあ（錦《にしき》の織物《おりもの》のように美《うつく》しいなあ）。

川面《かわも》のもみじがきれいだ…
まるで赤《あか》いじゅうたんをしいたみたいだね

上の句も下の句も書いておぼえよう

嵐吹く　三室の山の　もみぢ葉は
竜田の川の　錦なりけり

ここに注目！

三室《みむろ》の山《やま》も竜田川《たつたがわ》も紅葉《こうよう》の名所《めいしょ》。歌《うた》によく詠《よ》みこまれる有名《ゆうめい》な場所《ばしょ》のことを「歌枕《うたまくら》」というよ。この歌《うた》はそれを二《ふた》つ使《つか》っているんだ。

錦《にしき》とは厚《あつ》くて豪華《ごうか》な絹《きぬ》の織物《おりもの》のこと。三室《みむろ》の山《やま》に紅葉《こうよう》が散《ち》って、竜田《たつた》川《がわ》に敷《し》きつめられて錦《にしき》のように見《み》えるというんだね。能因法師《のういんほうし》が歌合《うたあわせ》で詠《よ》んだだけれど、実際《じっさい》の風景《ふうけい》が目《め》に浮《う》かぶような歌《うた》だね。

ことばのポイント

三室《みむろ》の山《やま》…紅葉《こうよう》の名所《めいしょ》。
竜田《たつた》の川《かわ》…紅葉《こうよう》の名所《めいしょ》。
錦《にしき》なりけり…三室《みむろ》の山《やま》から吹《ふ》き散《ち》らされた紅葉《こうよう》が、竜田《たつた》の川《かわ》にうかんでいる景色《けしき》を「錦《にしき》」に見立《みた》てた表現《ひょうげん》。

さびしさに 宿《やど》をたち出《い》でて ながむれば
いづ《ず》こも同《おな》じ 秋《あき》の夕暮《ゆうぐれ》

良暹法師《りょうぜんほうし》
（生没年不明《せいぼつねんふめい》）

まず声に出して読み、
下の句をなぞって書こう

歌の意味

あまりのさびしさのために、わが家《や》を出《で》て辺《あた》りを見《み》わたしてみると、どこもかしこも同《おな》じようにさびしい秋《あき》の夕暮《ゆうぐ》れであるなあ。

秋《あき》は
家《いえ》にいても
さびしい
外《そと》に出《で》てもさびしい
さびしいよ〜
遊園地《ゆうえんち》に
行《い》っても
何《なに》をしても
さびし〜いっ
ほんとに!?

上の句も下の句も
書いておぼえよう

さびしさに 宿をたち出でて ながむれば
いづこも同じ 秋の夕暮

ここに注目！

日《ひ》に日《ひ》に涼《すず》しくなって、日《ひ》が暮《く》れるのも早《はや》くなっていく秋《あき》の夕暮《ゆうぐ》れって、さびしさを感《かん》じないかな。

百人一首《ひゃくにんいっしゅ》には四季《しき》の歌《うた》が三十二首《さんじゅうにしゅ》あって、そのうち十六首《じゅうろくしゅ》が秋《あき》の歌《うた》なんだ。それだけ、秋《あき》は感性《かんせい》を刺激《しげき》される季節《きせつ》なんじゃないかな。

下《しも》の句《く》の「いづ《ず》こも同《おな》じ秋《あき》の夕暮《ゆうぐれ》」を使《つか》って、上《かみ》の句《く》を自分《じぶん》なりに考《かんが》えてみるのもおもしろいね。

ことばのポイント

宿《やど》をたち出《い》でて…「宿《やど》」は作者《さくしゃ》の住《す》んでいる草庵《そうあん》（わらやかやなどで屋根《やね》をおおったそまつな家《いえ》）のこと。

ながむれば…「ながむ」は「もの思《おも》いにふけってじっと長《なが》い間《あいだ》見《み》ている」という意味《いみ》。

力《ちから》だめし ⑦

答《こた》えは137ページ

1 上《かみ》の句《く》に続《つづ》く下《しも》の句《く》を選《えら》んで、（　）に記号《きごう》を書《か》きましょう。

[上《かみ》の句《く》]

① いにしへ《え》の　奈良《なら》の都《みやこ》の　八重桜《やえざくら》　（　　）
② 夜《よ》をこめて　鳥《とり》の空音《そらね》は　はかるとも　（　　）
③ 今《いま》はただ　思《おも》ひ《い》絶《た》えなむ《ん》　とばかりを　（　　）
④ 朝《あさ》ぼらけ　宇治《うじ》の川霧《かわぎり》　たえだえに　（　　）
⑤ 恨《うら》みわび　ほさぬ袖《そで》だに　あるものを　（　　）
⑥ もろともに　あはれ《わ》と思《おも》へ《え》　山桜《やまざくら》　（　　）
⑦ 春《はる》の夜《よ》の　夢《ゆめ》ばかりなる　手枕《たまくら》に　（　　）
⑧ 心《こころ》にも　あらでうき世《よ》に　ながらへ《え》ば　（　　）
⑨ 嵐《あらし》吹《ふ》く　三室《みむろ》の山《やま》の　もみぢ《じ》葉《ば》は　（　　）
⑩ さびしさに　宿《やど》をたち出《い》でて　ながむれば　（　　）

[下《しも》の句《く》]

ア 恋《こい》に朽《く》ちなむ《ん》　名《な》こそ惜《お》しけれ
イ 花《はな》よりほかに　知《し》る人《ひと》もなし
ウ あらはれ《わ》わたる　瀬々《せぜ》の網代木《あじろぎ》
エ 人《ひと》づてならで　いふ《う》よしもがな
オ よに逢坂《おうさか》の　関《せき》はゆるさじ
カ けふ《きょう》九重《ここのえ》に　にほ《お》ひ《い》ぬるかな
キ 恋《こい》しかるべき　夜半《よわ》の月《つき》かな
ク 竜田《たつた》の川《かわ》の　錦《にしき》なりけり
ケ かひ《い》なく立《た》たむ《ん》　名《な》こそ惜《お》しけれ
コ いづ《ず》こも同《おな》じ　秋《あき》の夕暮《ゆうぐれ》

2 歌《うた》の中《なか》のことばについて考《かんが》えます。太字《ふとじ》のことばの意味《いみ》で正《ただ》しいものを一《ひと》つ選《えら》んで（　）に記号《きごう》を書《か》きましょう。

①
もろともに　あはれと思《おも》へ《え》　山桜《やまざくら》
花《はな》よりほかに　知《し》る人《ひと》もなし

㋐ わたしの友人《ゆうじん》に
㋑ いっしょに
㋒ 敵《てき》となっても

（　　　）
⬇89ページ

②
さびしさに　宿《やど》をたち出《い》でて　ながむれば
いづこも同《おな》じ　秋《あき》の夕暮《ゆうぐれ》

㋐ どこもかしこも同《おな》じように
㋑ 今《いま》いるところに似《に》たところで
㋒ 天《てん》の世界《せかい》でもきっと同《おな》じように

（　　　）
⬇93ページ

★ことばの意味《いみ》や掛詞《かけことば》がわからないときは、⬇○のページを読《よ》んで確認《かくにん》しよう。

3 掛詞《かけことば》について、確《たし》かめます。問《と》われていることばを一《ひと》つ選《えら》んで（　）に記号《きごう》を書《か》きましょう。

①
夜《よ》をこめて　鳥《とり》の ㋐[空音《そらね》] は ㋑[はかる] とも
よに ㋒[逢坂《おうさか》] の　関《せき》はゆるさじ

掛詞《かけことば》は（　　　）
⬇85ページ

②
春《はる》の夜《よ》の　夢《ゆめ》ばかりなる ㋐[手枕《たまくら》] に
㋑[かひ《い》なく] 立《た》たむ《ん》 ㋒[名《な》こそ] 惜《お》しけれ

掛詞《かけことば》は（　　　）
⬇90ページ

夕《ゆう》されば　門田《かどた》の稲葉《いなば》　おとづ《ず》れて　蘆《あし》のまろやに　秋風《あきかぜ》ぞ吹《ふ》く

大納言経信《だいなごんつねのぶ》
（一〇一六～一〇九七年《ねん》）

まず声に出して読み、下の句をなぞって書こう

歌の意味

夕方《ゆうがた》になると、家《いえ》の門前《もんぜん》にある田《た》の稲《いね》の葉《は》にそよそよと音《おと》を立《た》てて秋風《あきかぜ》が吹《ふ》く。その秋風《あきかぜ》が、蘆《あし》（稲《いね》のなかまの草《くさ》）でおおったそまつなこの家《いえ》にも吹《ふ》きわたってくることだ。

こりゃ!!
だれだ、ワシの田《た》んぼに!!
しみじみ
サワサワ
秋風《あきかぜ》が心地《ここち》よい秋《あき》だなあ

上の句も下の句も書いておぼえよう

夕されば　門田の稲葉　おとづれて
蘆のまろやに　秋風ぞ吹く

ここに注目！

秋《あき》の風景《ふうけい》を詠《よ》んだ歌《うた》だけど、さびしさは感《かん》じられないよね。夕日《ゆうひ》と田《た》に実《みの》った稲穂《いなほ》、その稲穂《いなほ》とそまつな小屋《こや》に秋風《あきかぜ》が吹《ふ》いていると、まるで風景画《ふうけいが》のように描《えが》かれている。

現代《げんだい》に暮《く》らしていると、失《うしな》われがちな季節感《きせつかん》。でも、田《た》の稲《いね》には、いまも平安《へいあん》のころと変《か》わらない秋《あき》の風《かぜ》が吹《ふ》いていると感《かん》じさせる力《ちから》が、この歌《うた》にはあるよね。

ことばのポイント

夕《ゆう》されば…「夕方《ゆうがた》になると」という意味《いみ》。「さる」は「移《うつ》り変わる」。

おとづ《ず》れて…「人《ひと》のもとを訪《たず》ねる」という意味《いみ》のほかに、「音《おと》を立《た》てる」という意味《いみ》もある。

まろや…そまつな住《す》まい。

音《おと》に聞《き》く　高師《たかし》の浜《はま》の　あだ波《なみ》は　かけじや袖《そで》の　ぬれもこそすれ

祐子内親王家紀伊《ゆうしないしんのうけのきい》
（生没年不明《せいぼつねんふめい》）

まず声に出して読み、下の句をなぞって書こう

歌の意味

うわさに名高《なだか》い高師《たかし》の浜《はま》の、むだに立《た》つ波《なみ》をうっかり袖《そで》にかけますまい（うわさに名高《なだか》い浮《うわ》気《き》なあなたのことばは気《き》にかけませんよ）。

うっかり好《す》きになって、あとで袖《そで》をなみだでぬらすことになるといけないので。

この本《ほん》を読《よ》めば
テストで百点《ひゃくてん》
とれるよ
なんと一万円《いちまんえん》
ぽっきり!
テストで
絶対に
100点が
とれる本
うまい話《はなし》には
乗《の》りませんよ!
痛《いた》い目《め》を見《み》るのは
わたしなんですから!

上の句も下の句も書いておぼえよう

音に聞く　高師の浜の　あだ波は
かけじや袖の　ぬれもこそすれ

ここに注目!

これは恋《こい》の歌《うた》を贈《おく》り合《あ》う歌合《うたあわせ》で詠《よ》まれた歌《うた》だよ。「あなたとおつきあいしたい」と詠《よ》んだ若《わか》い男性《だんせい》に、「あなたはすぐにほかの人《ひと》を好《す》きになるでしょう。あとで泣《な》くのはいやだから、誘《さそ》いには乗《の》りませんよ」と答《こた》えたのがこの歌《うた》。

作者《さくしゃ》の紀伊《きい》はこのとき七十歳《ななじっさい》くらいといわれている。こうやって恋《こい》の歌《うた》を贈《おく》り合《あ》うとは、気《き》が利《き》いているね。

ことばのポイント

高師《たかし》…「高師《たかし》（地名《ちめい》）」と「（評判《ひょうばん》が）高《たか》し」の掛詞《かけことば》。

かけじ…「（波《なみ》を）かけまい」と「（思《おも》いを）かけまい」の掛詞《かけことば》。

ぬれ…「（波《なみ》で）ぬれる」と「（なみだで）ぬれる」の掛詞《かけことば》。

高砂《たかさご》の 尾上《おのえ》の桜《さくら》 咲《さ》きにけり 外山《とやま》の霞《かすみ》 立《た》たずもあらなむ《ん》

まず声に出して読み、下の句をなぞって書こう

歌の意味

遠《とお》くの高《たか》い山《やま》のみねの桜《さくら》が咲《さ》いたことだなあ。

人里《ひとざと》に近《ちか》い山《やま》の霞《かすみ》よ（この桜《さくら》をかくさないように）、どうか立《た》たないでほしい。

いいシーン
なのに…
立《た》たないでっ
ガビーン

上の句も下の句も書いておぼえよう

高砂の 尾上の桜 咲きにけり
外山の霞 立たずもあらなむ

権中納言匡房《ごんちゅうなごんまさふさ》
（一〇四一～一一一一年《ねん》）

ここに注目!

これは、内大臣《ないだいじん》がもよおした集《あつ》まりで、「遠《とお》くの山《やま》に桜《さくら》が咲《さ》いている」というテーマで詠《よ》まれた歌《うた》なんだ。

「尾上《おのえ》」というのは遠《とお》くに見《み》える山《やま》のみねのこと。「外山《とやま》」はそれより近《ちか》くにある低《ひく》い山《やま》のことだよ。遠《とお》くに咲《さ》いている桜《さくら》が見《み》えなくなるから、近《ちか》くの山《やま》の霞《かすみ》よ立《た》たないでおくれ、という意味《いみ》。

情景《じょうけい》を想像《そうぞう》しながら、歌《うた》を詠《よ》んで楽《たの》しんでいたんだね。

ことばのポイント

高砂《たかさご》の…「高砂《たかさご》」は、砂《すな》が高《たか》く積《つ》もったところという意味《いみ》から、「山《やま》」を表《あらわ》す。

外山《とやま》…「深山《みやま》」や「奥山《おくやま》」に対《たい》して、人里《ひとざと》に近《ちか》い、低《ひく》い山《やま》のこと。

憂《う》かりける 人《ひと》を初瀬《はつせ》の 山《やま》おろしよ はげしかれとは 祈《いの》らぬものを

まず声に出して読み、下の句をなぞって書こう

源俊頼朝臣《みなもとのとしよりあそん》（一〇五五～一一二九年《ねん》）

歌の意味

わたしに冷《つめ》たくてつらいと思《おも》ったあの人《ひと》が、わたしになびくようにと初瀬《はつせ》の観音様《かんのんさま》に祈《いの》ったのに。初瀬《はつせ》の山《やま》からふきおろす冷《つめ》たく激《はげ》しい風《かぜ》よ、あの人《ひと》のつれなさが激《はげ》しくなれとは祈《いの》らなかったのに。

上の句も下の句も書いておぼえよう

憂かりける 人を初瀬の 山おろしよ
はげしかれとは 祈らぬものを

どうか宝《たから》くじに当《あ》たりますように！
宝くじ
お祈《いの》りした帰《かえ》りにお財布《さいふ》落《お》とすし嵐《あらし》まで！
こんなこと祈《いの》ってないのに！
ビョオオォォオオ

ここに注目！

「祈《いの》ってもうまくいかない恋《こい》」というテーマで詠《よ》まれた歌《うた》。冷《つめ》たい女性《じょせい》を山《やま》からふきおろす激《はげ》しい風《かぜ》に重《かさ》ね合《あ》わせているよ。

初瀬《はつせ》には長谷寺《はせでら》があり、ここには女性《じょせい》が願《がん》かけをすることで有名な十一面観音《じゅういちめんかんのん》があるんだ。

歌合《うたあわせ》の席《せき》で詠《よ》まれた歌《うた》で、技巧《ぎこう》がこらされているから、少《すこ》し理屈《りくつ》っぽく感《かん》じられるかもしれないね。

ことばのポイント

初瀬《はつせ》の山《やま》おろしよ…「初瀬《はつせ》」は大和《やまとの》国《くに》（いまの奈良県《ならけん》）の地名《ちめい》。「山《やま》おろし」は、山《やま》からふきおろす冷《つめ》たく激《はげ》しい風《かぜ》のことで、山《やま》おろしを擬人化《ぎじんか》して呼《よ》びかけた言葉《ことば》。

契《ちぎ》りおきし させもが露《つゆ》を 命《いのち》にて あはれ《わ》今年《ことし》の 秋《あき》もいぬめり

藤原基俊《ふじわらのもととし》
（一〇六〇〜一一四二年《ねん》）

まず声に出して読み、下の句をなぞって書こう

歌の意味

お約束《やくそく》してくださった「わたしを頼《たよ》りにしなさい」という、「させも草《ぐさ》（よもぎ）」についた露《つゆ》のようなお言葉《ことば》を、命《いのち》とも思《おも》って信《しん》じていたのに（その約束《やくそく》は果《は》たされなかった）。ああ、今年《ことし》の秋《あき》もむなしく過《す》ぎていくようだ。

あの学習塾《がくしゅうじゅく》ぅ〜！
「受験《じゅけん》はおまかせください」って
言《い》ってたのに〜!!
ごめん
ママ〜

上の句も下の句も書いておぼえよう

契りおきし させもが露を 命にて
あはれ今年の 秋もいぬめり

ここに注目！

権力者《けんりょくしゃ》である藤原忠通《ふじわらのただみち》に、息子《むすこ》の出世《しゅっせ》をたのんでいた作者《さくしゃ》の藤原基俊《ふじわらのもととし》。「願《ねが》いはわかった」と約束《やくそく》されていたはずなのに、ダメだったといううらみを歌《うた》っているんだ。「あなたの約束《やくそく》のことばを命《いのち》より大切《たいせつ》に信《しん》じていたのに」と、はかなく消《き》えた希望《きぼう》を歌《うた》に詠《よ》んでいるよ。

家柄《いえがら》や権力者《けんりょくしゃ》のコネで、出世《しゅっせ》や人生《じんせい》が決《き》まっていた時代《じだい》なんだね。

ことばのポイント

契《ちぎ》りおきし…「おき（置《お》く）」「露《つゆ》」「命《いのち》」は関連《かんれん》の縁語《えんご》。

させもが露《つゆ》…藤原忠通《ふじわらのただみち》が「なほ頼《たの》めしめぢが原《はら》のさせも草《ぐさ》…」という和歌《わか》をふまえ、作者《さくしゃ》のたのみを受《う》け入《い》れたことをさす。

76

わたの原《はら》 漕《こ》ぎ出《い》でて見《み》れば ひさかたの 雲居《くもい》にまがふ《ごう》 沖《おき》つ白波《しらなみ》

法性寺入道《ほっしょうじにゅうどう》
前関白太政大臣《さきのかんぱくだいじょうだいじん》
（一〇九七〜一一六四年《ねん》）

まず声に出して読み、下の句をなぞって書こう

歌の意味

大海原《おおうなばら》に舟《ふね》を漕《こ》ぎ出《だ》してながめわたすと、雲《くも》と見《み》まちがえてしまうほどに、沖《おき》の白波《しらなみ》が真《ま》っ白《しろ》に立《た》っていることだ。

広《ひろ》い海《うみ》すご〜い!
白《しろ》い波《なみ》がきれいすぎでしょ!!
雲《くも》とまちがえちゃうよ…

上の句も下の句も書いておぼえよう

わたの原 漕ぎ出でて見れば ひさかたの
雲居にまがふ 沖つ白波

ここに注目！

これは宮中《きゅうちゅう》の歌合《うたあわせ》の場《ば》で、「海上遠望《かいじょうのえんぼう》（海《うみ》の上《うえ》の遠《とお》くを見《み》て）」というお題《だい》に対して詠《よ》まれた歌《うた》なんだ。

「大海原《おおうなばら》に漕《こ》ぎ出《だ》してながめたら、白《しろ》い雲《くも》と思《おも》っていたのが、実《じつ》は沖《おき》の波《なみ》だった」という意味《いみ》だね。深呼吸《しんこきゅう》したくなるような、雄大《ゆうだい》な風景《ふうけい》が思《おも》い浮《う》かぶんじゃないかな。空《そら》と海《うみ》、その間《あいだ》の雲《くも》と波《なみ》の白《しろ》さが印象的《いんしょうてき》な、風景画《ふうけいが》のような一首《いっしゅ》だ。

ことばのポイント

ひさかたの…「雲居《くもい》（雲《くも》のこと）」にかかる枕詞《まくらことば》。ほかに、「天《てん》・空《そら》・日《ひ》・月《つき》・光《ひかり》」などにかかる。

まがふ…混《ま》じり合《あ》って見分《みわ》けられない、という意味《いみ》。「雲《くも》」と「白波《しらなみ》」の白《しろ》さが区別《くべつ》ができないようす。

77

瀬《せ》を早《はや》み　岩《いわ》にせかるる　滝川《たきがわ》の　われても末《すえ》に　逢《あ》は《わ》む《ん》とぞ思《おも》ふ《う》

まず声に出して読み、下の句をなぞって書こう

歌の意味

川瀬《かわせ》の流《なが》れがはやいので、岩《いわ》にぶつかった急流《きゅうりゅう》が二《ふた》つに分《わ》かれてまた一《ひと》つに合《あ》うように、たとえ恋《こい》しいあなたといまは別《わか》れても、いつかはきっと逢《あ》うつもりですよ。

僕《ぼく》はこっち
バイバイ〜
また会《あ》ったね
ばったり
バイバイした後《あと》だからちょっと気《き》まずい

上の句も下の句も書いておぼえよう

瀬を早み　岩にせかるる　滝川の

われても末に　逢はむとぞ思ふ

崇徳院《すとくいん》（一一一九〜一一六四年《ねん》）

ここに注目！

川《かわ》の流《なが》れに自分《じぶん》の恋《こい》を重《かさ》ねた歌《うた》だよ。急《きゅう》な流《なが》れで水《みず》が岩《いわ》にぶつかって二《ふた》つに分《わ》かれる。けれども岩《いわ》を通《とお》り過《す》ぎればまた出合《であ》って一《ひと》つになり、下流《かりゅう》へと流《なが》れていく。

この二手《ふたて》の水《みず》を男性《だんせい》と女性《じょせい》に見立《みた》てたんだね。一度《いちど》は引《ひ》き離《はな》されても、かならずいっしょになるという強《つよ》い思《おも》いが表現《ひょうげん》されているんだ。

ことばのポイント

瀬《せ》を早《はや》み岩《いわ》にせかるる滝川《たきがわ》の…「われても末《すえ》に逢《あ》はむ」を導《みちび》き出《だ》す序詞《じょことば》。

われても…「（川《かわ》の流《なが》れが）われても」と「（わたしたちの関係《かんけい》が）われても」の掛詞《かけことば》。「われる」は「割《わ》れる」と「別《わか》れる」の意味《いみ》。

淡路島《あわじしま》 かよふ《う》千鳥《ちどり》の 鳴《な》く声《こえ》に 幾夜寝覚《いくよねざ》めぬ 須磨《すま》の関守《せきもり》

源兼昌《みなもとのかねまさ》
（生没年不明《せいぼつねんふめい》）

まず声に出して読み、下の句をなぞって書こう

歌の意味

淡路島《あわじしま》から須磨《すま》に通《かよ》ってくる千鳥《ちどり》の（もの悲《がな》しい）鳴《な》き声《ごえ》のために、須磨《すま》の関所《せきしょ》の番人《ばんにん》は夜《よる》に何度《なんど》目《め》を覚《さ》ましたことだろうか。

上の句も下の句も書いておぼえよう

淡路島 かよふ千鳥の 鳴く声に
幾夜寝覚めぬ 須磨の関守

このクセが強《つよ》い鳴《な》き声《ごえ》は千鳥《ちどり》だな
ピェーー
ピェー
パチッ
なんか悲《かな》しい声《こえ》だな

ここに注目！

須磨《すま》は現在《げんざい》の兵庫県神戸市《ひょうごけんこうべし》の辺《あた》り。『源氏物語《げんじものがたり》』の中《なか》で光源氏《ひかるげんじ》が都《みやこ》から流《なが》されて一時期《いちじき》暮《く》らした場所《ばしょ》で、さびしいところというイメージがあったんだ。

千鳥《ちどり》は妻《つま》や友《とも》を思《おも》って鳴《な》くともいわれていたよ。海《うみ》をはさんだ淡路島《あわじしま》から飛《と》んでくる千鳥《ちどり》の声《こえ》で、目《め》を覚《さ》ますなんて、冬《ふゆ》のさびしさがひときわ伝《つた》わる歌《うた》だよね。

ことばのポイント

千鳥《ちどり》…妻《つま》や友《とも》を恋《こい》したって鳴《な》く鳥《とり》とされていた。

須磨《すま》の関守《せきもり》…「須磨《すま》」はいまの神戸市《こうべし》にある歌枕《うたまくら》。歌枕《うたまくら》は、古《ふる》くから和歌《わか》の題材《だいざい》になっている、諸国《しょこく》の名所《めいしょ》のこと。

79

秋風《あきかぜ》に たなびく雲《くも》の 絶《た》え間《ま》より もれ出《い》づる月《つき》の 影《かげ》のさやけさ

左京大夫《さきょうのだいぶ》顕輔《あきすけ》（一〇九〇～一一五五年《ねん》）

まず声に出して読み、下の句をなぞって書こう

歌の意味

秋風《あきかぜ》にふかれてたなびいている雲《くも》の切《き》れ間《ま》からもれさしてくる月《つき》の光《ひかり》の、なんと明《あか》るく、くっきりとすみきっていることよ。

ここに注目！

横《よこ》に長《なが》く広《ひろ》がった雲《くも》の合間《あいま》から光《ひかり》がすうーっともれてくるのがきれいだ、と詠《よ》んだ歌《うた》だよ。月《つき》の影《かげ》とは、月《つき》の光《ひかり》という意味《いみ》なんだ。

雲一《くもひと》つない夜空《よぞら》に満月《まんげつ》が光《ひか》るのも悪《わる》くないけど、流《なが》れる雲《くも》から光《ひかり》がもれることで、かえって月《つき》の明《あか》るさに気《き》づくこともあるよね。秋《あき》の夜《よる》のすがすがしさまで伝《つた》わってくるような情緒《じょうちょ》あふれる歌《うた》だね。

ことばのポイント

月《つき》の影《かげ》…月光《げっこう》。「影《かげ》」は光《ひかり》のこと。

さやけさ…くっきりとすみきっていること。

上の句も下の句も書いておぼえよう

秋風に たなびく雲の 絶え間より
もれ出づる月の 影のさやけさ

長《なが》からむ　心《こころ》も知《し》らず　黒髪《くろかみ》の　乱《みだ》れて今朝《けさ》は　物《もの》をこそ思《おも》へ

待賢門院堀河《たいけんもんいんのほりかわ》
（生没年不明《せいぼつねんふめい》）

まず声に出して読み、下の句をなぞって書こう

歌の意味

末長《すえなが》く変《か》わらないという、あなたの心《こころ》がわからず、お逢《あ》いして別《わか》れた今朝《けさ》は、わたしの黒髪《くろかみ》が乱《みだ》れているのと同《おな》じように、わたしの心《こころ》も乱《みだ》れて、あれこれと物思《ものおも》いをすることです。

すみません！
遅刻《ちこく》しましたー！
もっさり
今日《きょう》はテストなので、心《こころ》も髪《かみ》も乱《みだ》れてしまいました

上の句も下の句も書いておぼえよう

長からむ　心も知らず　黒髪の　乱れて今朝は　物をこそ思へ

ここに注目！

長《なが》くて黒《くろ》い髪《かみ》というのは、この時《じ》代《だい》の美人《びじん》の象徴《しょうちょう》だったんだ。その黒髪《くろかみ》が乱《みだ》れているようすと、自分《じぶん》の心《こころ》の乱《みだ》れを重《かさ》ねて、男性《だんせい》が帰《かえ》ってしまったあとの思《おも》いを詠《うた》んだ歌《うた》だよ。

なぜ心《こころ》が乱《みだ》れているのかといえば、恋《こい》している相手《あいて》が、自分《じぶん》への気持《きも》ちを持《も》ち続《つづ》けてくれるかどうかわからないから。期待《きたい》と不安《ふあん》を同時《どうじ》に感《かん》じているんだね。

ことばのポイント

黒髪《くろかみ》の…「乱《みだ》れて」にかかる枕詞《まくらことば》。「黒髪《くろかみ》」と「長《なが》からむ」「乱《みだ》れて」は関連《かんれん》のある縁語《えんご》。

乱《みだ》れて…「（黒髪《くろかみ》が）乱《みだ》れて」と「（心《こころ》が）乱《みだ》れて」の掛詞《かけことば》。

力《ちから》だめし ⑧

答《こた》えは137ページ

1 上《かみ》の句《く》に続《つづ》く下《しも》の句《く》を選《えら》んで、（　）に記号《きごう》を書《か》きましょう。

［上《かみ》の句《く》］

① 夕《ゆう》されば　門田《かどた》の稲葉《いなば》　おとづ《ず》れて　（　）

② 音《おと》に聞《き》く　高師《たかし》の浜《はま》の　あだ波《なみ》は　（　）

③ 高砂《たかさご》の　尾上《おのえ》の桜《さくら》　咲《さ》きにけり　（　）

④ 憂《う》かりける　人《ひと》を初瀬《はつせ》の　山《やま》おろしよ　（　）

⑤ 契《ちぎ》りおきし　させもが露《つゆ》を　命《いのち》にて　（　）

⑥ わたの原《はら》　漕《こ》ぎ出《い》でて見《み》れば　ひさかたの　（　）

⑦ 瀬《せ》を早《はや》み　岩《いわ》にせかるる　滝川《たきがわ》の　（　）

⑧ 淡路島《あわじしま》　かよふ《う》千鳥《ちどり》の　鳴《な》く声《こえ》に　（　）

⑨ 秋風《あきかぜ》に　たなびく雲《くも》の　絶《た》え間《ま》より　（　）

⑩ 長《なが》からむ《ん》　心《こころ》も知《し》らず　黒髪《くろかみ》の　（　）

［下《しも》の句《く》］

㋐ 蘆《あし》のまろやに　秋風《あきかぜ》ぞ吹《ふ》く

㋑ あはれ《わ》今年《ことし》の　秋《あき》もいぬめり

㋒ われても末《すえ》に　逢《あ》は《わ》む《ん》とぞ思《おも》ふ《う》

㋓ もれ出《い》づ《ず》る月《つき》の　影《かげ》のさやけさ

㋔ かけじや袖《そで》の　ぬれもこそすれ

㋕ 雲居《くもい》にまが《ご》ふ《う》　沖《おき》つ白波《しらなみ》

㋖ 外山《とやま》の霞《かすみ》　立《た》たずもあらなむ《ん》

㋗ 乱《みだ》れて今朝《けさ》は　物《もの》をこそ思《おも》へ《え》

㋘ はげしかれとは　祈《いの》らぬものを

㋙ 幾夜寝覚《いくよねざ》めぬ　須磨《すま》の関守《せきもり》

2 歌《うた》の中《なか》のことばについて考《かんが》えます。

太字《ふとじ》のことばの意味《いみ》で正《ただ》しいものを一《ひと》つ選《えら》んで（　）に記号《きごう》を書《か》きましょう。

①
夕《ゆう》されば　門田《かどた》の稲葉《いなば》　おとづれて
蘆《あし》のまろやに　秋風《あきかぜ》ぞ吹《ふ》く

ア　夜《よる》になると
イ　好《す》きな人《ひと》が去《さ》った夕方《ゆうがた》はいつも
ウ　夕方《ゆうがた》になると

（　　）↓96ページ

②
憂《う》かりける　人《ひと》を初瀬《はつせ》の　**山《やま》おろし**よ
はげしかれとは　祈《いの》らぬものを

ア　山《やま》から届《とど》いたごちそう
イ　山《やま》からふきおろす冷《つめ》たく激《はげ》しい風《かぜ》
ウ　山《やま》にいるという神《かみ》

（　　）↓99ページ

★ことばの意味《いみ》や掛詞《かけことば》がわからないときは、↓○のページを読《よ》んで確認《かくにん》しよう。

3 掛詞《かけことば》について、確《たし》かめます。

問《と》われていることばを一《ひと》つ選《えら》んで（　）に記号《きごう》を書《か》きましょう。

①
瀬《せ》を［ア 早《はや》み］　岩《いわ》に［イ せかるる］　滝川《たきがわ》の
［ウ われても］末《すえ》に　逢《あ》はむとぞ思《おも》ふ

掛詞《かけことば》は（　　）↓102ページ

②
［ア 長《なが》からむ］　心《こころ》も知《し》らず　黒髪《くろかみ》の
［イ 乱《みだ》れて］今朝《けさ》は　物《もの》を［ウ こそ］思《おも》へ

掛詞《かけことば》は（　　）↓105ページ

ほととぎす　鳴《な》きつる方《かた》を　ながむれば
ただ有明《ありあけ》の　月《つき》ぞ残《のこ》れる

後徳大寺左大臣《ごとくだいじのさだいじん》
（一一三九～一一九一年《ねん》）

まず声に出して読み、下の句をなぞって書こう

歌の意味

ほととぎすが、いま鳴《な》いた方《ほう》角《がく》をながめると（ほととぎすの姿《すがた》は見《み》えず）、そこにはただ有《あり》明《あけ》の月《つき》が空《そら》に残《のこ》っているだけである。

上の句も下の句も書いておぼえよう

ほととぎす　鳴きつる方を　ながむれば
ただ有明の　月ぞ残れる

キョッキョッ
キョキョキョ
ほととぎすの鳴《な》き声《ごえ》だ
え～！見《み》たい！
あれ～ほととぎすいないな
月《つき》しか出《で》てないよ
うそだったの？
うそじゃないよ！

ここに注目！

ほととぎすは、夏《なつ》の訪《おとず》れを告《つ》げる渡《わた》り鳥《どり》だよ。その年《とし》の最初《さいしょ》の鳴《な》き声《ごえ》は「初音《はつね》」と呼《よ》ばれ、楽《たの》しみにされていたんだ。

作者《さくしゃ》は、そろそろほととぎすが鳴《な》く時季《じき》だろうと、夜通《よどお》し待《ま》っていたのかもしれないね。ようやく声《こえ》が聞《き》こえたので、あわててその方角《ほうがく》を見《み》たけれど、見《み》えたのは夜明《よあ》けの月《つき》だけだった。一瞬《いっしゅん》の動作《どうさ》をあざやかに詠《よ》んだ歌《うた》だね。

ことばのポイント

ほととぎす…平安時代《へいあんじだい》、ほととぎすは夏《なつ》の到来《とうらい》を知《し》らせる鳥《とり》として、特《とく》にその初音《はつね》（その季節《きせつ》に初《はじ》めて鳴《な》く声《こえ》）が賞美《しょうび》された。

有明《ありあけ》の月《つき》…夜《よる》が明《あ》けても空《そら》に残《のこ》っている月《つき》。

82

思《おも》ひ《い》わび　さても命《いのち》は　あるものを　憂《う》きに堪《た》へ《え》ぬは　涙《なみだ》なりけり

道因法師《どういんほうし》
（一〇九〇〜一一八二年《ねん》ごろ）

まず声に出して読み、下の句をなぞって書こう

歌の意味

つれないあなたを思《おも》ってこんなに思《おも》いなやみ、それでも命《いのち》はまだこうして続《つづ》いている。そのつらさに堪《た》えきれずにこぼれ落《お》ちるのは涙《なみだ》だったよ。

上の句も下の句も書いておぼえよう

思ひわび　さても命は　あるものを
憂きに堪へぬは　涙なりけり

ここに注目！

作者《さくしゃ》の道因法師《どういんほうし》は、並《なみ》はずれて歌《うた》への思《おも》いが強《つよ》かったよ。すぐれた歌《うた》を詠《よ》ませてくださいと、毎月神社《まいつきじんじゃ》にお祈《いの》りに行《い》っていたこともある。九十歳《きゅうじっさい》を過《す》ぎても歌《うた》の会《かい》に参加《さんか》して、恋《こい》の歌《うた》を詠《よ》んだんだ。

男性《だんせい》も恋《こい》や涙《なみだ》を歌《うた》に詠《よ》むのが当《あ》たり前《まえ》の時代《じだい》だったよ。やさしさや、細《こま》やかな感性《かんせい》を、だれもが自分《じぶん》の心《こころ》に取《と》り入《い》れようとしていたんだね。

ことばのポイント

思《おも》ひ《い》わび…「思《おも》ひ《い》わぶ」は恋《こい》の歌《うた》に多《おお》く用《もち》いられる心情語《しんじょうご》で、相手《あいて》が自分《じぶん》に冷《つめ》たいために思《おも》いなやむ気持《きも》ちを表《あらわ》す。

命《いのち》はあるものを…「涙《なみだ》」がつらさにたえられないのに、「命《いのち》」はたえて生《い》き長《なが》らえている、と対照《たいしょう》されている。

世《よ》の中《なか》よ　道《みち》こそなけれ　思《おも》ひ入《い》る
山《やま》の奥《おく》にも　鹿《しか》ぞ鳴《な》くなる

まず声に出して読み、下の句をなぞって書こう

歌の意味

この世《よ》の中《なか》には、(つらい気持《きも》ちから)のがれる道《みち》はないのだ。(どうにかのがれようと)深《ふか》く思《おも》いつめて入《はい》った山《やま》の奥《おく》にも、鹿《しか》が悲《かな》しげに鳴《な》いているようだ。

いろいろつらくて山《やま》に来《き》たものの…
ビクッ
ビクッ
ビクッ
ケーン
寒《さむ》いし…暗《くら》いし…
クマも出《で》そうで…ここもつらい

上の句も下の句も書いておぼえよう

世の中よ　道こそなけれ　思ひ入る
山の奥にも　鹿ぞ鳴くなる

皇太后宮大夫俊成《こうたいごうぐうのだいぶしゅんぜい》
(一一一四〜一二〇四年《ねん》)

ここに注目!

世間《せけん》からはなれて静《しず》かに暮《く》らそうと思《おも》って分《わ》け入《い》った山奥《やまおく》で、オスの鹿《しか》がメスを探《さが》して鳴《な》く悲《かな》しげな声《こえ》がするという歌《うた》だね。この当時《とうじ》、鹿《しか》は恋心《こいごころ》から鳴《な》くと思《おも》われていたんだよ。

結局《けっきょく》この世のつらさから、のがれる道《みち》はないんだなと、作者《さくしゃ》・皇太后宮大夫俊成《こうたいごうぐうのだいぶしゅんぜい》は出家《しゅっけ》するのを思《おも》いとどまったというんだ。百人一首《ひゃくにんいっしゅ》の選者《せんじゃ》である息子《むすこ》の藤原定家《ふじわらのさだいえ》は、この歌《うた》を父《ちち》の代表作《だいひょうさく》として選《えら》んだんだ。

ことばのポイント

思《おも》ひ入《い》る…深《ふか》く思《おも》いつめる。「入《い》る」は「(深《ふか》く思《おも》い)入る」と「(山《やま》に)入る」の掛詞《かけことば》。

山《やま》の奥《おく》…世間《せけん》からはなれた場所《ばしょ》を表《あらわ》している。

長《なが》らへ《え》ば　またこのごろや　しのばれむ《ん》　憂《う》しと見《み》し世《よ》ぞ　今《いま》は恋《こい》しき

藤原清輔朝臣《ふじわらのきよすけあそん》
（一一〇四〜一一七七年《ねん》）

まず声に出して読み、
下の句をなぞって書こう

歌の意味

このまま生《い》き長《なが》らえるならば、つらいと感《かん》じているこのごろのこともまたいつか、なつかしく思《おも》い出《だ》されることだろうか。

つらいと思《おも》って過《す》ごした昔《むかし》の日々《ひび》も、今《いま》では恋《こい》しく思《おも》われるのだから。

上の句も下の句も
書いておぼえよう

長らへば　またこのごろや　しのばれむ
憂しと見し世ぞ　今は恋しき

過去《かこ》にはいろいろ
つらいことがあったけど
時間《じかん》がたてば
なつかしい、という曲《きょく》
聞《き》いてください…
ポロロロン
新曲《しんきょく》
「ながらへ《え》ば」

ここに注目！

つらいと思《おも》っていたことでも、あとになってみればとても良《よ》い思《おも》い出《で》になっていた、という経験《けいけん》がある人《ひと》もいるんじゃないかな。この歌《うた》はそんな気持《きも》ちを詠《よ》んでいるんだね。

勉強《べんきょう》でも、スポーツでも、一生懸命《いっしょうけんめい》に取《と》り組《く》んでもうまくいかないことがある。でも、それを乗《の》り越《こ》えればきっと良《よ》い経験《けいけん》になるはずだよ。つらいことを避《さ》けずに立《た》ち向《む》かっていきたいね。

ことばのポイント

しのばれむ《ん》…なつかしく思《おも》い出《だ》されるのであろう。

憂《う》しと見《み》し世《よ》…作者自身《さくしゃじしん》が経験《けいけん》してきたつらかった過去《かこ》のことをさす。

よもすがら　物思《ものおも》ふころは　明《あ》けやらぬ　閨《ねや》のひまさへ　つれなかりけり

まず声に出して読み、下の句をなぞって書こう

歌の意味

一晩中《ひとばんじゅう》、（来《き》てくれないあなたを思《おも》って）物思《ものおも》いにしずんでいるこのごろは（時《とき》がたつのがおそく）朝日《あさひ》がなかなかさしこみません。（つれないのは人《ひと》だけではなく）寝室《しんしつ》の戸《と》のすき間《ま》さえもつれなく思《おも》われることです。

上の句も下の句も書いておぼえよう

よもすがら　物思ふころは　明けやらぬ
閨のひまさへ　つれなかりけり

こわい話《はなし》を読《よ》んじゃってねむれない
はやく朝《あさ》が来《き》て！
扉《とびら》のすき間《ま》までこわくなってきた
ブル
ブル

俊恵法師《しゅんえほうし》
（一一一三～一一九一年《ねん》ごろ）

ここに注目！

作者《さくしゃ》の俊恵法師《しゅんえほうし》が女《おんな》の人《ひと》の立場《たちば》に立《た》って詠《よ》んだ歌《うた》だよ。この時代《じだい》は、男性《だんせい》が女性《じょせい》の家《いえ》を夜《よる》に訪《たず》ねるのがしきたりだったんだ。

この歌《うた》の女《おんな》の人《ひと》は、会《あ》いにこなくなってしまった相手《あいて》のことを考《かんが》えながら、待《ま》っているんだ。早《はや》く夜《よる》が明《あ》ければいいのにと思《おも》うけれど、なかなか明《あか》るくならない。寝室《しんしつ》のすき間《ま》までが無情《むじょう》に思《おも》える、とうらむ気持《きも》ちを詠《よ》んだんだね。

ことばのポイント

よもすがら…「一晩中《ひとばんじゅう》・夜通《よどお》し」という意味《いみ》。

閨《ねや》のひまさへつれなかりけり…「寝室《しんしつ》の戸《と》のすき間《ま》さえつれない」と、戸《と》のすき間《ま》を人《ひと》に見立《みた》てている。

嘆《なげ》けとて 月《つき》やは物《もの》を 思《おも》はする
かこち顔《がお》なる わが涙《なみだ》かな

西行法師《さいぎょうほうし》
（一一一八～一一九〇年《ねん》）

まず声に出して読み、
下の句をなぞって書こう

歌の意味

嘆《なげ》きなさいよと言《い》って、月《つき》がわたしに物思《ものおも》いをさせるのか、いやそうではない。（あなたとの恋《こい》のつらさのせいなのに）月《つき》のせいだと言《い》いがかりをつけるように、流《なが》れるわたしの涙《なみだ》であるよ。

上の句も下の句も
書いておぼえよう

嘆けとて 月やは物を 思はする
かこち顔なる わが涙かな

こんなに涙《なみだ》が出《で》るのは月《つき》のせいだ
あなたが勉強《べんきょう》しないせいです

ここに注目！

作者《さくしゃ》の西行法師《さいぎょうほうし》は、武士《ぶし》として期待《きたい》されていたけれど、二十三歳《にじゅうさんさい》で出家《しゅっけ》したんだ。諸国《しょこく》を旅《たび》して歩《ある》き、たくさんの歌《うた》を残《のこ》したよ。松尾芭蕉《まつおばしょう》も、西行《さいぎょう》にあこがれて旅《たび》をしたといわれているんだ。

「月《つき》のせいではないとわかっていながら、涙《なみだ》が流《なが》れる。恋《こい》の思《おも》い出《で》のせいだけれど、月《つき》にかこつけて流《なが》れるわたしの涙《なみだ》よ」と詠《よ》んだんだ。心《こころ》の奥《おく》がかいま見《み》えるような歌《うた》だね。

ことばのポイント

嘆《なげ》けとて月《つき》やは物《もの》を思《おも》はする…「嘆《なげ》けと言って月《つき》がわたしに物思《ものおも》いをさせる」と、月《つき》を擬人化《ぎじんか》した表現《ひょうげん》。

わが涙《なみだ》かな…月《つき》のせいだと言《い》いがかりをつけて流《なが》れる涙《なみだ》、という意味《いみ》。自分《じぶん》の涙《なみだ》を擬人化《ぎじんか》している。

87

村雨《むらさめ》の 露《つゆ》もまだひぬ 槙《まき》の葉《は》に 霧《きり》たちのぼる 秋《あき》の夕暮《ゆうぐれ》

寂蓮法師《じゃくれんほうし》（一一三九ごろ～一二〇二年《ねん》）

まず声に出して読み、下の句をなぞって書こう

歌の意味

にわか雨《あめ》が過《す》ぎて、雨《あめ》の露《つゆ》がまだかわききっていない槙《まき》（すぎ・ひのきなどの常緑樹《じょうりょくじゅ》）の葉《は》の辺《あた》りに、霧《きり》がほの白《じろ》くわき上《あ》がってくる秋《あき》の夕暮《ゆうぐ》れだなあ。

上の句も下の句も書いておぼえよう

村雨の 露もまだひぬ 槙の葉に
霧たちのぼる 秋の夕暮

雨上《あめあ》がりの霧《きり》ってマジヤバイ!
秋《あき》の夕暮《ゆうぐ》れとのコラボマジヤバイって!
YEAH!
モク
モク

ここに注目!

秋《あき》の夕暮《ゆうぐ》れに、雨《あめ》が上《あ》がって霧《きり》が出《で》てきたようすを詠《よ》んだ歌《うた》だよ。村《むら》雨《さめ》というのは、ざあっと激《はげ》しく降《ふ》って通《とお》り過《す》ぎるにわか雨《あめ》のこと。紅葉《こうよう》する木ではなく、あえて秋《あき》でも緑《みどり》のままの常緑樹《じょうりょくじゅ》の槙《まき》を選《えら》んで歌《うた》っているんだ。

雨《あめ》が去《さ》り、木々《きぎ》の葉《は》がまだかわかないうちに、霧《きり》が出《で》てきたという、短《みじか》い時間《じかん》の移《うつ》り変わりと、夕暮《ゆうぐ》れの幻想的《げんそうてき》な情景《じょうけい》が描《えが》かれているね。

ことばのポイント

村雨《むらさめ》…にわか雨。特《とく》に、秋《あき》から冬《ふゆ》にかけて断続的《だんぞくてき》に激《はげ》しく降《ふ》る雨《あめ》のこと。

霧《きり》…同《おな》じ自然現象《しぜんげんしょう》だが、平安時代《へいあんじだい》以降《こう》、春《はる》のものを「霞《かすみ》」、秋《あき》のものを「霧《きり》」と呼《よ》んだ。

難波江《なにわえ》の　蘆《あし》のかりねの　ひとよゆゑ《え》
みをつくしてや　恋《こ》ひ《い》わたるべき

皇嘉門院別当《こうかもんいんのべっとう》
（生没年不明《せいぼつねんふめい》）

まず声に出して読み、下の句をなぞって書こう

歌の意味

難波《なにわ》の入《い》り江《え》に生《は》えている蘆《あし》の、刈《か》り取《と》った根《ね》の短《みじか》い一節《ひとふし》のように、ただ一夜限《ひとよかぎ》りの恋《こい》をしたために、わたしはあの澪標《みおつくし》のように身《み》をつくして（命《いのち》をささげて）、あなたを恋《こい》し続《つづ》けなければならないのだろうか。

旅先《たびさき》でとってもかわいい犬《いぬ》に出会《であ》った
あの犬《いぬ》のことが忘《わす》れられない
また会いたいなぁ…

上の句も下の句も書いておぼえよう

難波江の　蘆のかりねの　ひとよゆゑ
みをつくしてや　恋ひわたるべき

ここに注目！

出会《であ》った瞬間《しゅんかん》に恋《こい》に落《お》ちた相手《あいて》のことを詠《よ》んだ歌《うた》だよ。旅先《たびさき》で出会《であ》って一晩《ひとばん》過《す》ごしただけなのに、忘《わす》れられない、と詠《よ》んでいるんだ。

刈《か》られた蘆《あし》の根《ね》の「刈《か》り根《ね》」と旅《たび》先《さき》の「仮寝《かりね》」、「一節《ひとよ》」と「一夜《ひとよ》」、さらに舟《ふね》の道《みち》しるべを示《しめ》す「澪標《みおつくし》」と「身《み》をつくし」と掛詞《かけことば》を多用《たよう》している。歌合《うたあわせ》のために技巧《ぎこう》をこらして詠《よ》んだ歌《うた》なのかもしれないね。

ことばのポイント

難波江《なにわえ》の蘆《あし》の…「かりねのひとよ」を導《みちび》き出《だ》す序詞《じょことば》。

恋《こ》ひ《い》わたるべき…「わたる」は同《おな》じ動作《どうさ》を長《なが》くやり続《つづ》けること。「恋《こ》ひ《い》わたるべき」で「長《なが》く恋《こい》し続《つづ》けるのでしょうか」という意味《いみ》。

玉《たま》の緒《お》よ　絶《た》えなば絶《た》えね　ながらへ《え》ば
忍《しの》ぶることの　弱《よわ》りもぞする

式子内親王《しょくしないしんのう》
（一一四九ごろ〜一二〇一年《ねん》）

まず声に出して読み、下の句をなぞって書こう

歌の意味

わたしの命《いのち》よ、絶《た》えてしまうのならば絶《た》えてしまえ。
このまま生《い》き長《なが》らえていると、たえ忍《しの》ぶ心《こころ》が弱《よわ》って、あなたへの思《おも》いがおもてに表《あらわ》れてしまうと困《こま》るから。

おなかがすいて
弟《おとうと》の大事《だいじ》なプリンを
食《た》べてしまった
兄《あに》として
はずかしい…
このまま
消《き》えたい
食べたの
だれ〜

上の句も下の句も書いておぼえよう

玉の緒よ　絶えなば絶えね　ながらへば
忍ぶることの　弱りもぞする

ここに注目！

玉《たま》とは「真珠《しんじゅ》の玉《たま》」と「魂《たましい》」がかけられたことばだよ。秘《ひ》めていた恋心《こいごころ》が、ほかの人《ひと》に知《し》られてしまうぐらいなら、その「玉《たま》の緒《お》」が切《き》れてもいい、いっそ死《し》んだほうがいい、という激《はげ》しい思《おも》いを詠《よ》んだ歌《うた》だ。
作者《さくしゃ》の式子内親王《しょくしないしんのう》は、巫女《みこ》のような立場《たちば》で一生独身《いっしょうどくしん》を通《とお》したんだ。恋《こい》の相手《あいて》は、百人一首《ひゃくにんいっしゅ》の選者《せんじゃ》・藤原定家《ふじわらのさだいえ》ともいわれているよ。

ことばのポイント

玉《たま》の緒《お》…命《いのち》。「緒《お》」と「絶《た》え」「ながらへ《え》」「弱《よわ》り」は関連《かんれん》のある縁語《えんご》。
弱《よわ》りもぞする…「もぞ」は「〜すると困《こま》る」という気持《きも》ちを表《あらわ》す。ここでは、秘《ひ》めた恋心《こいごころ》が他人《たにん》に気《き》づかれるのを不安《ふあん》に思《おも》う心情《しんじょう》を表《あらわ》す。

90

見《み》せばやな　雄島《おじま》のあまの　袖《そで》だにも　濡《ぬ》れにぞ濡《ぬ》れし　色《いろ》はかはらず

まず声に出して読み、下の句をなぞって書こう

歌の意味

血《ち》のなみだで色《いろ》が変《か》わってしまったわたしの袖《そで》を、あなたに見《み》せたいものです。あの松島《まつしま》の雄島《おじま》の漁師《りょうし》の袖《そで》でさえ、漁《りょう》で濡《ぬ》れに濡《ぬ》れてしまっても色《いろ》は変《か》わらないのに。

ヒィ〜
わたしをこんなに 泣《な》かせる からい食《た》べ物《もの》 許《ゆる》せない…！
キムチなべ
マーボードウフ
たんたんめん
ヒリ
ヒリ
でも おいしいから くちびるが はれても 食《た》べちゃう

上の句も下の句も書いておぼえよう

見せばやな　雄島のあまの　袖だにも
濡れにぞ濡れし　色はかはらず

殷富門院大輔《いんぷもんいんのたいふ》
（一一三一ごろ～一二〇〇年《ねん》ごろ）

ここに注目！

「あなたのことを思《おも》って、一人《ひとり》で泣《な》いています。漁師《りょうし》の袖《そで》が濡《ぬ》れても、色《いろ》は変《か》わらないでしょうけれど、わたしの袖《そで》は、血《ち》のなみだで濡《ぬ》れて色《いろ》が変《か》わってしまいました」。これは、ちょっとオーバーでこわい歌《うた》だよね。

でも、「袖《そで》が濡《ぬ》れるほど泣《な》いてます」だけでは、平凡《へいぼん》すぎるかな。歌合《うたあわせ》の場《ば》では、こうした強《つよ》い表現《ひょうげん》が有効《ゆうこう》だったのかもしれないよ。

ことばのポイント

雄島《おじま》…いまの宮城県《みやぎけん》の松島湾内《まつしまわんない》の島《しま》。
あま…漁師《りょうし》。男女《だんじょ》ともに用《もち》いる。
色《いろ》はかはらず…漁師《りょうし》の袖《そで》の色《いろ》は変《か》わらないのに。「見《み》せばやな」に、「わたしの袖《そで》はなみだで色《いろ》が変《か》わってしまった」という意味《いみ》をこめている。

力《ちから》だめし ⑨

答《こた》えは137ページ

1 上《かみ》の句《く》に続《つづ》く下《しも》の句《く》を選《えら》んで、（　）に記号《きごう》を書《か》きましょう。

［上《かみ》の句《く》］

① ほととぎす　鳴《な》きつる方《かた》を　ながむれば（　）

② 思《おも》ひ《い》わび　さても命《いのち》は　あるものを（　）

③ 世《よ》の中《なか》よ　道《みち》こそなけれ　思《おも》ひ《い》入《い》る（　）

④ 長《なが》らへ《え》ば　またこのごろや　しのばれむ《ん》（　）

⑤ よもすがら　物思《ものおも》ふ《う》ころは　明《あ》けやらぬ（　）

⑥ 嘆《なげ》けとて　月《つき》やは物《もの》を　思《おも》は《わ》する（　）

⑦ 村雨《むらさめ》の　露《つゆ》もまだひぬ　槇《まき》の葉《は》に（　）

⑧ 難波江《なにわえ》の　蘆《あし》のかりねの　ひとよゆゑ《え》（　）

⑨ 玉《たま》の緒《お》よ　絶《た》えなば絶《た》えね　ながらへ《え》ば（　）

⑩ 見《み》せばやな　雄島《おじま》のあまの　袖《そで》だにも（　）

［下《しも》の句《く》］

㋐ 憂《う》しと見《み》し世《よ》ぞ　今《いま》は恋《こい》しき

㋑ ただ有明《ありあけ》の　月《つき》ぞ残《のこ》れる

㋒ みをつくしてや　恋《こ》ひ《い》わたるべき

㋓ 濡《ぬ》れにぞ濡《ぬ》れし　色《いろ》はかは《わ》らず

㋔ 忍《しの》ぶることの　弱《よわ》りもぞする

㋕ 山《やま》の奥《おく》にも　鹿《しか》ぞ鳴《な》くなる

㋖ 霧《きり》たちのぼる　秋《あき》の夕暮《ゆうぐれ》

㋗ かこち顔《がお》なる　わが涙《なみだ》かな

㋘ 憂《う》きに堪《た》へ《え》ぬは　涙《なみだ》なりけり

㋙ 閨《ねや》のひまさへ《え》　つれなかりけり

2 歌《うた》の中《なか》のことばについて考《かんが》えます。

太字《ふとじ》のことばの意味《いみ》で正《ただ》しいものを一《ひと》つ選《えら》んで（　）に記号《きごう》を書《か》きましょう。

① **よもすがら**　物思《ものおも》ふ《う》ころは　明《あ》けやらぬ
閨《ねや》のひまさへ《え》　つれなかりけり

㋐ 一晩中《ひとばんじゅう》、夜通《よどお》し
㋑ 夜《よる》が明《あ》けると
㋒ 夜《よる》が近《ちか》づいてきた

（　　）→112ページ

② **玉《たま》の緒《お》**よ　絶《た》えなば絶《た》えね　ながらへ《え》ば
忍《しの》ぶることの　弱《よわ》りもぞする

㋐ 命《いのち》
㋑ ぞうりの鼻緒《はなお》
㋒ 草《くさ》の露《つゆ》に朝日《あさひ》があたって輝《かがや》くようす

（　　）→116ページ

★ことばの意味《いみ》や掛詞《かけことば》がわからないときは、→○のページを読《よ》んで確認《かくにん》しよう。

3 掛詞《かけことば》について、確《たし》かめます。

問《と》われていることばを選《えら》んで（　）に記号《きごう》を書《か》きましょう。

① 世《よ》の中《なか》よ　道《みち》こそなけれ　思《おも》ひ《い》㋐入《い》る
㋑山《やま》の奥《おく》にも　㋒鹿《しか》ぞ鳴《な》くなる

掛詞《かけことば》は（　　）→110ページ

② 難波江《なにわえ》の　㋐蘆《あし》の㋑かりねのひとよ　ゆゑ《え》
㋒みをつくしてや　恋《こ》ひ《い》わたるべき

掛詞《かけことば》は（　　と　　）→115ページ

91

きりぎりす　鳴《な》くや霜夜《しもよ》の　さむしろに
衣《ころも》片敷《かたし》き　ひとりかも寝《ね》む《ん》

後京極摂政《ごきょうごくせっしょう》
前太政大臣《さきのだいじょうだいじん》
（一一六九～一二〇六年《ねん》）

まず声に出して読み、下の句をなぞって書こう

歌の意味

こおろぎが鳴《な》いている、霜《しも》の降《お》りる寒《さむ》い夜《よる》、わらで編《あ》んだ敷物《しきもの》の上《うえ》に、自分《じぶん》の着物《きもの》の片方《かたほう》の袖《そで》を敷《し》いて、わたしは一人《ひとり》でさびしく寝《ね》るのだろうか。

上の句も下の句も書いておぼえよう

きりぎりす　鳴くや霜夜の　さむしろに
衣片敷き　ひとりかも寝む

こおろぎが鳴《な》いている
霜《しも》も降《お》りてて寒《さむ》い…
ブル ブル
一人《ひとり》で寝《ね》るのつらい
終電《しゅうでん》のがしたのつらすぎる

ここに注目！

このころのきりぎりすは、いまのこおろぎのこと。霜《しも》が降《お》りた寒《さむ》い夜《よる》、むしろに一人《ひとり》で寝《ね》ているなんて、寒《さむ》さとさびしさがしみいるようだね。
五句《ごく》の「ひとりかも寝《ね》む」は、14ページ歌番号《うたばんごう》3番《ばん》の柿本人麻呂《かきのもとのひとまろ》の歌《うた》と同《おな》じだよ。有名《ゆうめい》な歌《うた》の一部《いちぶ》を取《と》り入《い》れることで、歌《うた》の世界《せかい》を広《ひろ》げる「本歌取《ほんかど》り」という手法《しゅほう》なんだ。

ことばのポイント

きりぎりす…いまのこおろぎのこと。
さむしろ…「さむしろ（わらやすげで編《あ》んだそまつな敷物《しきもの》）」と「寒《さむ》し」の掛詞《かけことば》。

わが袖《そで》は　潮干《しおひ》に見《み》えぬ　沖《おき》の石《いし》の　人《ひと》こそ知《し》らね　乾《かわ》く間《ま》もなし

まず声に出して読み、下の句をなぞって書こう

歌の意味

わたしの袖《そで》は、引《ひ》き潮《しお》のときにも海中《かいちゅう》にかくれて見《み》えない深《ふか》い海《うみ》の沖《おき》の石《いし》のように、人《ひと》は知《し》らないだろうが、乾《かわ》く間《ま》もなくいつもぬれている（あの人《ひと》を思《おも》って流《なが》す涙《なみだ》で、乾《かわ》くときがないのだ）。

涙《なみだ》が止《と》まらないよ～
だばばー～
悲《かな》しいよ～！
次《つぎ》の日《ひ》
まだ泣《な》いてる！
かなし～～

上の句も下の句も書いておぼえよう

わが袖は　潮干に見えぬ　沖の石の
人こそ知らね　乾く間もなし

二条院讃岐《にじょういんのさぬき》
（一一四一ごろ～一二一七年《ねん》ごろ）

ここに注目！

これは「石《いし》に寄《よ》する恋《こい》」という題《だい》で詠《よ》まれた歌《うた》なんだ。もちろん、ほんとうに石《いし》に恋《こい》するんじゃなくて、石《いし》に心情《しんじょう》を重《かさ》ねて詠《よ》むんだね。

海面《かいめん》の下《した》にあるために、干潮《かんちょう》になっても見《み》えない石《いし》。そのぬれたようすを、恋人《こいびと》を思《おも》って流《なが》すなみだで、乾《かわ》く間《ま》もない着物《きもの》の袖《そで》に重《かさ》ねているんだ。

この歌《うた》が評判《ひょうばん》になって、作者《さくしゃ》は「沖《おき》の石《いし》の讃岐《さぬき》」と呼《よ》ばれるほどになったんだよ。

ことばのポイント

潮干《しおひ》に見《み》えぬ沖《おき》の石《いし》の…「人《ひと》こそ知《し》らね乾《かわ》く間《ま》もなし」を導《みちび》き出《だ》す序詞《じょことば》。沖《おき》の海中《かいちゅう》深《ふか》くしずんでいる石《いし》は、潮《しお》が引《ひ》いても姿《すがた》を現《あらわ》さないので、その常《つね》にぬれているようすに、常《つね》になみだでぬれている袖《そで》をたとえている。

93

世《よ》の中《なか》は 常《つね》にもがもな 渚《なぎさ》漕《こ》ぐ あまの小舟《おぶね》の 綱手《つなで》かなしも

鎌倉右大臣《かまくらのうだいじん》
（一一九二〜一二一九年《ねん》）

まず声に出して読み、下の句をなぞって書こう

歌の意味

この世《よ》の中《なか》は、永遠《えいえん》に変《か》わらないでほしいものだなあ。波打《なみう》ちぎわを漕《こ》いでゆく漁師《りょうし》の小舟《こぶね》が、引《ひ》き綱《づな》で陸《りく》から引《ひ》かれていくようすは、しみじみとしておもむき深《ぶか》いことだ。

アタシ、このしみじみとした風景《ふうけい》大事《だいじ》にしたいよ
そーだね、まじヤバイ！
パン

上の句も下の句も書いておぼえよう

世の中は 常にもがもな 渚漕ぐ
あまの小舟の 綱手かなしも

ここに注目！

鎌倉右大臣《かまくらのうだいじん》とは、鎌倉幕府《かまくらばくふ》を開《ひら》いた源頼朝《みなもとのよりとも》の次男《じなん》、源実朝《みなもとのさねとも》のこと。幼《おさな》くして将軍《しょうぐん》となったけれど実権《じっけん》は北条氏《ほうじょうし》にあり、二十八歳《にじゅうはっさい》で暗殺《あんさつ》されてしまうよ。権力争《けんりょくあらそ》いの中《なか》で、不安《ふあん》を感《かん》じていたのかもしれないね。

海岸《かいがん》で見《み》た漁師《りょうし》と小《ちい》さな舟《ふね》の日常《にちじょう》の風景《ふうけい》がいつまでも変《か》わらないでほしい、と詠《よ》んだこの歌《うた》。作者《さくしゃ》の人生《じんせい》を知《し》ると、印象《いんしょう》がちがってくるね。

ことばのポイント

常《つね》にもがもな…「常《つね》に」は永久不変《えいきゅうふへん》であるという意味《いみ》。「もがも」は実現《じつげん》が難《むずか》しそうなことについて「〜であってほしいなあ」という願望《がんぼう》を表《あらわ》す。

かなし…心《こころ》をゆり動《うご》かされるような痛切《つうせつ》な感情《かんじょう》を表《あらわ》す。

み吉野《よしの》の　山《やま》の秋風《あきかぜ》　小夜《さよ》ふけて　ふるさと寒《さむ》く　衣《ころも》うつなり

参議雅経《さんぎまさつね》
（一一七〇〜一二二一年《ねん》）

まず声に出して読み、下の句をなぞって書こう

歌の意味

吉野《よしの》の山《やま》に秋風《あきかぜ》がふいて夜《よ》がふけると、古《ふる》い都《みやこ》である吉野《よしの》の里《さと》はいちだんと寒《さむ》くなり、寒々《さむざむ》と衣《ころも》を打《う》つ音《おと》が聞《き》こえてくるなあ。

ふるさとの秋《あき》は寒《さむ》かったな
コーン
コーン
しかも町《まち》がさびれていていちだんと寒《さむ》く感《かん》じた…！
閉店

上の句も下の句も書いておぼえよう

み吉野の　山の秋風　小夜ふけて
ふるさと寒く　衣うつなり

ここに注目！

「み吉野《よしの》の　山《やま》の白雪《しらゆき》　つもるらし　ふるさと寒《さむ》く　なりまさるなり」という歌《うた》が本歌《ほんか》。この歌《うた》では季節《きせつ》を秋《あき》に変《か》えているよ。「衣《ころも》うつなり」は、砧《きぬた》という木槌《きづち》と台《だい》で布《ぬの》をたたくこと。「コーン、コーン」という音《おと》が聞《き》こえてくるようだね。

寒《さむ》さを率直《そっちょく》に歌《うた》った本歌《ほんか》よりも、風《かぜ》や音《おと》が加《くわ》わったこの歌《うた》のほうが、秋《あき》のさびしさが効果的《こうかてき》に伝《つた》わってくるよね。

ことばのポイント

吉野《よしの》…いまの奈良県吉野郡吉野町《ならけんよしのぐんよしのちょう》を中心《ちゅうしん》とした、吉野山《よしのやま》や吉野川《よしのがわ》の一帯《いったい》。

ふるさと…昔《むかし》の都《みやこ》のあった土地《とち》である「古都《こと》」の意味《いみ》。

おほ《お》けなく うき世《よ》の民《たみ》に おほ《お》ふ《う》かな わがたつ杣《そま》に 墨染《すみぞめ》の袖《そで》

前大僧正慈円《さきのだいそうじょうじえん》
（一一五五〜一二二五年《ねん》）

まず声に出して読み、下の句をなぞって書こう

歌の意味

身《み》のほどもわきまえずに、仏《ほとけ》に仕《つか》える身《み》として、わたしはつらいこの世《よ》を生《い》きる人々《ひとびと》におおいかけるよ。この比叡山《ひえいざん》に住《す》み始《はじ》めたばかりのわたしのこの墨染《すみぞめ》の袖《そで》を。

上の句も下の句も書いておぼえよう

おほけなく うき世の民に おほふかな
わがたつ杣に 墨染の袖

ここに注目！

作者《さくしゃ》の慈円《じえん》は、十一歳《じゅういっさい》で比叡山《ひえいざん》に入《はい》った。つらい修行《しゅぎょう》をものともせず、三十代後半《さんじゅうだいこうはん》で僧《そう》のトップに立《た》ったよ。この時代《じだい》、戦《いくさ》やききん、はやり病《やまい》などで、庶民《しょみん》は苦《くる》しめられていたんだ。

「うき世《よ》の民《たみ》」とは、つらい世《よ》の中《なか》に暮《く》らす人《ひと》のこと。「墨染《すみぞめ》の袖《そで》」とは、お坊《ぼう》さんの服《ふく》のことだ。自分《じぶん》の服《ふく》という仏《ほとけ》の力《ちから》で日本中《にほんじゅう》をおおって、人々《ひとびと》を救《すく》いたいという強《つよ》い決意《けつい》の歌《うた》なんだ。

ことばのポイント

おほ《おう》ふかな…墨染《すみぞめ》（坊《ぼう》さんの衣《ころも》）の袖《そで》でおおうことだ。仏《ほとけ》の力《ちから》によって人民《じんみん》を守《まも》り、救済《きゅうさい》を祈《いの》ること。「おほふ」と「袖《そで》」は関連《かんれん》のある縁語《えんご》。

墨染《すみぞめ》の袖《そで》…「住《す》み初め（住《す》み始《はじ》める）」と「墨染《すみぞめ》」の掛詞《かけことば》。

花《はな》さそふ《う》 嵐《あらし》の庭《にわ》の 雪《ゆき》ならで ふりゆくものは わが身《み》なりけり

まず声に出して読み、
下の句をなぞって書こう

歌の意味

花《はな》をさそって散《ち》らす嵐《あらし》のふく庭《にわ》は、雪《ゆき》のように花《はな》が降《ふ》ってくる。古《ふる》びて老《お》いてゆくものは、雪《ゆき》のように降《ふ》る花《はな》ではなく、このわが身《み》なのだなあ。

雪《ゆき》のようにまい散《ち》る桜《さくら》の花《はな》びらよ…
私《わたし》もそろそろ消《き》えるとしよう

上の句も下の句も書いておぼえよう

花さそふ 嵐の庭の 雪ならで
ふりゆくものは わが身なりけり

入道前太政大臣《にゅうどうさきのだいじょうだいじん》
（一一七一〜一二四四年《ねん》）

ここに注目！

強《つよ》い風《かぜ》に舞《ま》った桜《さくら》の花《はな》びらが、庭《にわ》一面《いちめん》に雪《ゆき》のように降《ふ》りそそいでいる、というのが、上《かみ》の句《く》だね。春《はる》の日《ひ》の、生《い》き生《い》きとした風景《ふうけい》かなと思《おも》うと、下《しも》の句《く》は一変《いっぺん》する。花《はな》びらが「降《ふ》る」と、年老《としお》いて「古《ふる》びる」をかけて、古《ふる》くなるのは自分自身《じぶんじしん》だと詠《よ》んでいるんだ。

入道前太政大臣《にゅうどうさきのだいじょうだいじん》は栄華《えいが》を極《きわ》めた。実力者《じつりょくしゃ》ゆえに、老《お》いることがこわかったのかもしれないね。

ことばのポイント

花《はな》さそふ《う》嵐《あらし》…嵐《あらし》が花《はな》をさそって散《ち》らす。「花《はな》」「嵐《あらし》」を擬人化《ぎじんか》している。

ふりゆく…花《はな》が雪《ゆき》のように「降《ふ》りゆく」と、わが身《み》が「古《ふ》りゆく（年老《としお》いてゆく）」の掛詞《かけことば》。

来《こ》ぬ人《ひと》を まつほの浦《うら》の 夕《ゆう》なぎに 焼《や》くや藻《も》塩《しお》の 身《み》もこがれつつ

権中納言定家《ごんちゅうなごんさだいえ》
（一一六二〜一二四一年《ねん》）

まず声に出して読み、
下の句をなぞって書こう

歌の意味

いくら待《ま》っても来《き》てくれない人《ひと》を待《ま》ち続《つづ》け、松帆《まつほ》の浦《うら》（淡路《あわじ》島《しま》の北側《きたがわ》にある）で夕《ゆう》なぎのころに焼《や》く藻《も》塩《しお》のように、わたしの身《み》も(あなたへの思《おも》いで)ずっと恋《こ》いこがれている。

上の句も下の句も
書いておぼえよう

来ぬ人を まつほの浦の 夕なぎに
焼くや藻塩の 身もこがれつつ

ここに注目！

海《うみ》の水《みず》から塩《しお》をつくるのは、とても手間《てま》がかかるんだ。海藻《かいそう》に海水《かいすい》をつけ、乾燥《かんそう》させて焼《や》くという藻《も》塩《しお》が焼《や》かれる風景《ふうけい》を、来《こ》ない相手《あいて》を待《ま》つあいだの身《み》も心《こころ》も焼《や》かれるような思《おも》いに重《かさ》ねているんだね。
作者《さくしゃ》の定家《さだいえ》は百人一首《ひゃくにんいっしゅ》の選者《せんじゃ》。歌《うた》を耳《みみ》で聞《き》いてみよう。「来《こ》ぬ人《ひと》を待《ま》つ」が「松帆《まつほ》の浦《うら》」にかかり、さらにうまさが感《かん》じられるよ。自然《しぜん》と心情《しんじょう》をみごとに重《かさ》ねて詠《よ》んだ歌《うた》だね。

ことばのポイント

まつほの浦《うら》…「まつ」は、「(来《こ》ぬ人《ひと》を)待《ま》つ」と「(松帆《まつほ》の浦《うら》の）松《まつ》」の掛詞《かけことば》。
まつほの浦《うら》の夕《ゆう》なぎに焼《や》くや藻《も》塩《しお》の…五句《ごく》の「こがれ」を導《みちび》き出《だ》す序詞《じょことば》。
こがれつつ…「こがれ」は「(焼《や》き）こがれ」と「(恋《こ》い）こがれ」の掛詞《かけことば》。

風《かぜ》そよぐ ならの小川《おがわ》の 夕暮《ゆうぐれ》は みそぎぞ夏《なつ》の しるしなりける

従二位家隆《じゅにいいえたか》（一一五八〜一二三七年《ねん》）

まず声に出して読み、下の句をなぞって書こう

歌の意味

風《かぜ》がそよそよと楢《なら》の葉《は》にふいている。

ならの小川《おがわ》の夕暮《ゆうぐ》れは秋《あき》の訪《おとず》れを感《かん》じさせるが、（身《み》を清《きよ》める儀式《ぎしき》の）みそぎだけが夏《なつ》であることのしるしなのだった。

すずしいけど まだ夏《なつ》らしいよ
みそぎは 夏《なつ》の風物詩《ふうぶつし》だから
みそぎって何《なに》？
みそのついた 木《き》かな〜

上の句も下の句も書いておぼえよう

風そよぐ ならの小川の 夕暮は
みそぎぞ夏の しるしなりける

ここに注目！

夕暮《ゆうぐ》れどき、涼《すず》しい風《かぜ》が吹《ふ》いている川《かわ》のそばで自分《じぶん》が感《かん》じた気配《けはい》が、上《かみ》の句《く》で詠《よ》まれている。そこで「夏《な》越《ごし》の祓《はらえ》」という夏《なつ》を越《こ》えるお祓《はら》いをしている人《ひと》がいた。目《め》に見《み》えた季節《きせつ》のしるしを下《しも》の句《く》で詠《よ》んでいるんだ。

この行事《ぎょうじ》の翌日《よくじつ》が立秋《りっしゅう》で、季節《きせつ》は秋《あき》へと移《うつ》っていく。このころの人《ひと》は、五感《ごかん》をとぎすませて、季節《きせつ》を感《かん》じていたことがわかるね。

ことばのポイント

ならの小川《おがわ》…ならは「奈良《なら》」ではなく、京都《きょうと》の上賀茂神社《かみがもじんじゃ》の中《なか》を流《なが》れる御手洗川《みたらしがわ》（別名《べつめい》ならの小川《おがわ》）。「なら」は、川《かわ》の名《な》と「楢《なら》（ぶなの仲間《なかま》の落葉高木《らくようこうぼく》）」の掛詞《かけことば》。

みそぎ…川《かわ》の水《みず》で身《み》を清《きよ》めること。

人《ひと》もを《お》し　人《ひと》もうらめし　あぢ《じ》きなく　世《よ》を思《おも》ふ《う》ゆゑ《え》に　物思《ものおも》ふ《う》身《み》は

まず声に出して読み、下の句をなぞって書こう

歌の意味

あるときは人《ひと》をいとおしくも思《おも》い、あるときはうらめしくも思《おも》う。

おもしろくないこの世《よ》の中《なか》で、この世《よ》を良《よ》くしようと思《おも》うところから、あれこれと物思《ものおも》いをするのだ、このわたしは。

上の句も下の句も書いておぼえよう

人もをし　人もうらめし　あぢきなく

世を思ふゆゑに　物思ふ身は

宇宙人《うちゅうじん》さん 私《わたし》に なにか お手伝《てつだ》い できること ある？
宇宙人《うちゅうじん》？ こっちに来《く》るなよ
ホジホジ
ポッ
いとしくも
うらめしくも

後鳥羽院《ごとばいん》（一一八〇〜一二三九年《ねん》）

ここに注目！

作者《さくしゃ》の後鳥羽院《ごとばいん》は、天皇《てんのう》の上《うえ》の上皇《じょうこう》として院政《いんせい》を行《おこな》ったんだ。主語《しゅご》の「物思《ものおも》いするわたしは」が、ラストにきているのがおもしろいよね。倒置法《とうちほう》を使《つか》って、表現《ひょうげん》を強《つよ》めているんだ。

鎌倉幕府《かまくらばくふ》が強《つよ》い権力《けんりょく》を持《も》っていた時代《じだい》の朝廷《ちょうてい》の苦悩《くのう》が感《かん》じられるね。このあと、後鳥羽院《ごとばいん》は鎌倉幕府《かまくらばくふ》から権力《けんりょく》を取《と》りもどそうとして、承久《じょうきゅう》の乱《らん》を起《お》こすけれど、敗《やぶ》れてしまうんだ。

ことばのポイント

あぢ《じ》きなく…本来《ほんらい》は、思《おも》うようにならず、どうしようもない気持《きも》ちを表《あらわ》す。そこから「おもしろくない・苦々《にがにが》しい」などの意味《いみ》を表《あらわ》す。

物思《ものおも》ふ《う》身《み》は…「身《み》」は「わたし自身《じしん》」の意味《いみ》。

ももしきや　古《ふる》き軒端《のきば》の　しのぶにも
なほ《お》あまりある　昔《むかし》なりけり

まず声に出して読み、下の句をなぞって書こう

歌の意味

宮中《きゅうちゅう》の古《ふる》びた軒端《のきば》に生《は》えているしのぶ草《ぐさ》を見《み》るにつけても、しのんでもしのびつくせないくらい、良《よ》かった昔《むかし》のことであるなあ。

上の句も下の句も書いておぼえよう

ももしきや　古き軒端の　しのぶにも
なほあまりある　昔なりけり

宇宙人《うちゅうじん》の星《ほし》
地球《ちきゅう》ってよいところだったな～
しみじみ
ムフフフ

順徳院《じゅんとくいん》（一一九七～一二四二年《ねん》）

ここに注目！

「ももしき」とは、天皇《てんのう》のいる宮中《きゅうちゅう》のこと。「しのぶ」は生いしげる「忍《しの》ぶ草《ぐさ》」と昔《むかし》を「しのぶ」をかけているんだ。華《はな》やかだった朝廷《ちょうてい》の姿《すがた》を懐《なつ》かしむ歌《うた》だね。順徳院《じゅんとくいん》は承久《じょうきゅう》の乱《らん》を起《お》こすけれど鎌倉幕府《かまくらばくふ》に敗《やぶ》れたんだ。

天皇《てんのう》の歌《うた》二首《にしゅ》で百人一首《ひゃくにんいっしゅ》を始《はじ》めて、九十九《きゅうじゅうきゅう》、百首目《ひゃくしゅめ》を天皇《てんのう》の歌《うた》で終《お》えることに、選者《せんじゃ》である定家《さだいえ》のみやびな王朝文化《おうちょうぶんか》への尊敬《そんけい》の念《ねん》が感《かん》じられるんじゃないかな。

ことばのポイント

ももしき…宮中《きゅうちゅう》のこと。
しのぶ…「しのぶ草《ぐさ》」と「しのぶ（昔《むかし》をなつかしく思《おも》う）」の掛詞《かけことば》。
昔《むかし》なりけり…「昔」は朝廷《ちょうてい》が栄《さか》えていた過去《かこ》の時代《じだい》のこと。

力《ちから》だめし ⑩

答《こた》えは137ページ

1 上《かみ》の句《く》に続《つづ》く下《しも》の句《く》を選《えら》んで、（　）に記号《きごう》を書《か》きましょう。

[上《かみ》の句《く》]

① きりぎりす　鳴《な》くや霜夜《しもよ》の　さむしろに　（　）

② わが袖《そで》は　潮干《しおひ》に見《み》えぬ　沖《おき》の石《いし》の　（　）

③ 世《よ》の中《なか》は　常《つね》にもがもな　渚漕《なぎさこ》ぐ　（　）

④ み吉野《よしの》の　山《やま》の秋風《あきかぜ》　小夜《さよ》ふけて　（　）

⑤ おほ《お》けなく　うき世《よ》の民《たみ》に　おほ《お》ふ《う》かな　（　）

⑥ 花《はな》さそふ《う》　嵐《あらし》の庭《にわ》の　雪《ゆき》ならで　（　）

⑦ 来《こ》ぬ人《ひと》を　まつほの浦《うら》の　夕《ゆう》なぎに　（　）

⑧ 風《かぜ》そよぐ　ならの小川《おがわ》の　夕暮《ゆうぐれ》は　（　）

⑨ 人《ひと》もをし《お》　人《ひと》もうらめし　あぢ《じ》きなく　（　）

⑩ ももしきや　古《ふる》き軒端《のきば》の　しのぶにも　（　）

[下《しも》の句《く》]

㋐ 人《ひと》こそ知《し》らね　乾《かわ》く間《ま》もなし

㋑ 衣片敷《ころもかたし》き　ひとりかも寝《ね》む《ん》

㋒ わがたつ杣《そま》に　墨染《すみぞめ》の袖《そで》

㋓ ふるさと寒《さむ》く　衣《ころも》うつなり

㋔ あまの小舟《おぶね》の　綱手《つなで》かなしも

㋕ なほ《お》あまりある　昔《むかし》なりけり

㋖ 世《よ》を思《おも》ふ《う》ゆゑ《え》に　物思《ものおも》ふ《う》身《み》は

㋗ みそぎぞ夏《なつ》の　しるしなりける

㋘ 焼《や》くや藻塩《もしお》の　身《み》もこがれつつ

㋙ ふりゆくものは　わが身《み》なりけり

2 歌《うた》の中《なか》のことばについて考《かんが》えます。

太字《ふとじ》のことばの意味《いみ》で正《ただ》しいものを一《ひと》つ選《えら》んで（　）に記号《きごう》を書《か》きましょう。

① **世《よ》の中《なか》は　常《つね》にもがもな**　渚漕《なぎさこ》ぐ
あまの小舟《おぶね》の　綱手《つなで》かなしも

ア 世《よ》の中《なか》は、常《つね》にもがき苦《くる》しむものだ
イ 世《よ》の中《なか》に、同《おな》じものなどないよなあ
ウ 世《よ》の中《なか》は、永遠《えいえん》に変《か》わらないでほしいなあ

（　　）→122ページ

② 風《かぜ》そよぐ　ならの小川《おがわ》の　夕暮《ゆうぐれ》は
みそぎぞ夏《なつ》の　しるしなりける

ア 水《みず》によって身《み》を清《きよ》めること
イ みそをつくる道具《どうぐ》
ウ 川《かわ》の流《なが》れのこと

（　　）→127ページ

★ことばの意味《いみ》や掛詞《かけことば》がわからないときは、→○のページを読《よ》んで確認《かくにん》しよう。

3 掛詞《かけことば》について、確《たし》かめます。

問《と》われていることばを一《ひと》つ選《えら》んで（　）に記号《きごう》を書《か》きましょう。

① [ア おほ《お》けなく]　うき世《よ》の民《たみ》に　おほ《お》ふ《う》かな
わがたつ [イ 杣《そま》] に [ウ 墨染《すみぞめ》] の袖《そで》

掛詞《かけことば》は（　　）→124ページ

② [ア ももしきや]　古《ふる》き軒端《のきば》の　[イ しのぶ] にも
なほ《お》 [ウ あまりある]　昔《むかし》なりけり

掛詞《かけことば》は（　　）→129ページ

おさらいテスト

答《こた》えは137ページ

1 □にあてはまることばを選《えら》んで記号《きごう》で答《こた》えましょう。

[春《はる》の歌《うた》]

① 君《きみ》がため　春《はる》の野《の》に出《い》でて　□　つむ
わが衣手《ころもで》に　雪《ゆき》は降《ふ》りつつ
↓28ページ

② いにしへ《え》の　奈良《なら》の都《みやこ》の　八重桜《やえざくら》
けふ《きょう》　□　に　にほひ《おい》ぬるかな
↓84ページ

㋐ 花《はな》を　㋑ 土筆《つくし》　㋒ 若菜《わかな》　㋓ 九重《ここのえ》　㋔ 春風《はるかぜ》

[夏《なつ》の歌《うた》]

③ 夏《なつ》の夜《よ》は　まだ宵《よい》ながら　明《あ》けぬるを
雲《くも》のいづ《ず》こに　□　宿《やど》るらむ《ん》
↓53ページ

④ 風《かぜ》そよぐ　ならの小川《おがわ》の　夕暮《ゆうぐれ》は
□　ぞ夏《なつ》の　しるしなりける
↓127ページ

㋐ みそぎ　㋑ 青葉《あおば》　㋒ 風《かぜ》　㋓ 朝《あさ》　㋔ 月《つき》

[秋《あき》の歌《うた》]

⑤ 奥山《おくやま》に　紅葉《もみじ》踏《ふ》み分《わ》け　鳴《な》く　□　の
声《こえ》聞《き》く時《とき》ぞ　秋《あき》は悲《かな》しき
↓16ページ

⑥ 八重葎《やえむぐら》　しげれる宿《やど》の　さびしきに
□　こそ見《み》えね　秋《あき》は来《き》にけり
↓66ページ

㋐ 鳥《とり》　㋑ 人《ひと》　㋒ 鹿《しか》　㋓ 風《かぜ》　㋔ 月《つき》

[冬《ふゆ》の歌《うた》]

⑦ □　は　冬《ふゆ》ぞ寂《さび》しさ　まさりける
人目《ひとめ》も草《くさ》も　かれぬと思《おも》へ《え》ば
↓43ページ

⑧ 朝《あさ》ぼらけ　□　の月《つき》と　見《み》るまでに
吉野《よしの》の里《さと》に　降《ふ》れる白雪《しらゆき》
↓48ページ

㋐ 古里《ふるさと》　㋑ 筑波嶺《つくばね》　㋒ 久方《ひさかた》　㋓ 山里《やまざと》　㋔ 有明《ありあけ》

[恋《こい》の歌《うた》]

⑨ □山鳥《やまどり》の尾《お》の　しだり尾《お》の
ながながし夜《よ》を　ひとりかも寝《ね》む《ん》
↓⑭ページ

⑩ 今《いま》来《こ》む《ん》と　いひしばかりに　長月《ながつき》の
□月《つき》を　待《ま》ち出《い》でつるかな
↓㊱ページ

⑪ □色《いろ》に出《い》でにけり　我《わ》が恋《こい》は
物《もの》や思《おも》ふ《う》と　人《ひと》の問《と》ふ《う》まで
↓57ページ

⑫ □絶《た》えなば絶《た》えね　ながらへ《え》ば
忍《しの》ぶることの　弱《よわ》りもぞする
↓116ページ

⑬ 来《こ》ぬ人《ひと》を　まつほの浦《うら》の　夕《ゆう》なぎに
焼《や》くや□身《み》もこがれつつ
↓126ページ

㋐白露《しらつゆ》に　㋑有明《ありあけ》の　㋒藻塩《もしお》の　㋓朝《あさ》ぼらけ
㋔玉《たま》の緒《お》よ　㋕あしびきの　㋖君《きみ》がため
㋗恋《こい》すてふ《ちょう》　㋘歎《なげ》けとて　㋙忍《しの》ぶれど

★わからないときは、↓○のページを読《よ》んで確認《かくにん》しよう。

[旅《たび》の歌《うた》]

⑭ わたの原《はら》　八十島《やそしま》かけて　漕《こ》ぎ出《い》でぬと
人《ひと》には告《つ》げよ　□の釣舟《つりぶね》
↓㉔ページ

⑮ このたびは　幣《ぬさ》も取《と》りあへ《え》ず　手向山《たむけやま》
□の錦《にしき》　神《かみ》のまにまに
↓㊴ページ

㋐雲居《くもい》　㋑神代《かみよ》　㋒海人《あま》　㋓竜田《たつた》　㋔紅葉《もみじ》

[そのほかの歌《うた》]

⑯ これやこの　行《ゆ》くも帰《かえ》るも　別《わか》れては
知《し》るも知《し》らぬも　□
↓㉑ページ

⑰ 大江山《おおえやま》　いく野《の》の道《みち》の　遠《とお》ければ
まだふみもみず　□
↓81ページ

⑱ わたの原《はら》　漕《こ》ぎ出《い》でて見《み》れば　ひさかたの
雲居《くもい》にまがふ《う》　□
↓101ページ

㋐天《あま》の香具山《かぐやま》　㋑沖《おき》つ白波《しらなみ》　㋒夜半《よわ》の月《つき》かな
㋓天《あま》の橋立《はしだて》　㋔須磨《すま》の関守《せきもり》　㋕逢坂《おうさか》の関《せき》

2 百人一首《ひゃくにんいっしゅ》の中《なか》でも、とくに有名《ゆうめい》な歌《うた》があります。（　）にあてはまることばを書《か》きましょう。ひらがなでもかまいません。

①　ちはやぶる　神代《かみよ》も聞《き》かず　竜田川《たつたがわ》
からくれなゐ《い》に（　　　　）

↓㉚ページ

②　花《はな》の色《いろ》は　移《うつ》りにけりな　いたづ《ず》らに
（　　　　）ながめせし間《ま》に

↓⑳ページ

③　秋《あき》の田《た》の　かりほの庵《いお》の（　　　　）
わがころもでは　露《つゆ》にぬれつつ

↓⑫ページ

④　天《あま》の原《はら》　ふりさけ見《み》れば　春日《かすが》なる
三笠《みかさ》の山《やま》に（　　　　）

↓⑱ページ

⑤　（　　　　）光《ひかり》のどけき　春《はる》の日《ひ》に
しづ《ず》心《ごころ》なく　花《はな》の散《ち》るらむ《ん》

↓㊿ページ

⑥　春《はる》過《す》ぎて（　　　　）白妙《しろたえ》の
衣《ころも》ほすてふ《ちょう》　天《あま》の香具山《かぐやま》

↓⑬ページ

3 次《つぎ》の七首《ななしゅ》は、最初《さいしょ》の一字《いちじ》が一首《いっしゅ》しかない「一字決《いちじき》まり」の歌《うた》です。最初《さいしょ》の一字《いちじ》を聞《き》けば、下《しも》の句《く》がわかります。上《かみ》の句《く》に続《つづ》く下《しも》の句《く》を選《えら》んで、（　）に記号《きごう》を書《か》きましょう。

［上《かみ》の句《く》］

① 村雨《むらさめ》の　露《つゆ》もまだひぬ　槇《まき》の葉《は》に　（　　）↓114ページ

② 住《すみ》の江《え》の　岸《きし》に寄《よ》る波《なみ》　よるさへ《え》や　（　　）↓31ページ

③ めぐり逢《あ》ひ《い》て　見《み》しやそれとも　わかぬ間《ま》に　（　　）↓78ページ

④ 吹《ふ》くからに　秋《あき》の草木《くさき》の　しを《お》るれば　（　　）↓37ページ

⑤ さびしさに　宿《やど》をたち出《い》でて　ながむれば　（　　）↓93ページ

⑥ ほととぎす　鳴《な》きつる方《かた》を　ながむれば　（　　）↓108ページ

⑦ 瀬《せ》を早《はや》み　岩《いわ》にせかるる　滝川《たきがわ》の　（　　）↓102ページ

★わからないときは、↓○のページを読《よ》んで確認《かくにん》しよう。

［下《しも》の句《く》］

㋐ 夢《ゆめ》の通《かよ》ひ《い》路《じ》　人目《ひとめ》よくらむ《ん》

㋑ 雲隠《くもがく》れにし　夜半《よわ》の月《つき》かな

㋒ 霧《きり》たちのぼる　秋《あき》の夕暮《ゆうぐれ》

㋓ いづ《ず》こも同《おな》じ　秋《あき》の夕暮《ゆうぐれ》

㋔ われても末《すえ》に　逢《あ》は《わ》む《ん》とぞ思《おも》ふ《う》

㋕ ただ有明《ありあけ》の　月《つき》ぞ残《のこ》れる

㋖ むべ山風《やまかぜ》を　嵐《あらし》といふ《う》らむ《ん》

「一字決《いちじき》まり」の歌《うた》は
頭文字《かしらもじ》をならべて
「むすめふさほせ」
と覚《おぼ》えるといいよ。
かるた遊《あそ》びに使《つか》えるね！

力《ちから》だめし　おさらいテスト　答《こた》え

力《ちから》だめし①　答《こた》え　22〜23ページ

1
①イ　②ク　③コ　④オ　⑤ウ
⑥キ　⑦エ　⑧ケ　⑨カ　⑩ア

2
①イ　②ア

3
①ウ　「憂《う》し」と、宇治山《うじやま》の「宇治《うじ》」の掛詞《かけことば》。
②ア

力《ちから》だめし②　答《こた》え　34〜35ページ

1
①オ　②ア　③イ　④コ　⑤ケ
⑥カ　⑦キ　⑧ウ　⑨エ　⑩ク

2
①イ　②ア

3
①ウ　「澪標《みおつくし》」と、「身《み》をつくし」の掛詞《かけことば》。
②ア

力《ちから》だめし③　答《こた》え　46〜47ページ

1
①ケ　②コ　③ア　④カ　⑤オ
⑥ウ　⑦キ　⑧エ　⑨ク　⑩イ

2
①ウ　②ウ

3
①ア　「この度《たび》」と、「この旅《たび》」の掛詞《かけことば》。
②ウ　人目《ひとめ》が「離《か》れ」と、草木《くさき》が「枯《か》れ」の掛詞《かけことば》。

力《ちから》だめし④　答《こた》え　58〜59ページ

1
①イ　②ウ　③オ　④ケ　⑤ア
⑥エ　⑦カ　⑧ク　⑨キ　⑩コ

2
①イ　②イ　③ア　④ア

力《ちから》だめし⑤　答《こた》え　70〜71ページ

1
①ク　②カ　③エ　④イ　⑤オ
⑥ウ　⑦コ　⑧ケ　⑨キ　⑩ア

2
①ウ　②ア　③ア　④イ

力《ちから》だめし⑥　答《こた》え　82〜83ページ

1
①キ　②ア　③エ　④ウ　⑤カ
⑥オ　⑦イ　⑧コ　⑨ケ　⑩ク

2
①ア　②ウ

3
①イ　久《ひさ》しく「なり」と、滝《たき》の音《おと》が「鳴《な》り」の掛詞《かけことば》。
②ウ　笹《ささ》の葉《は》がそよぐ音《おと》の「そよ」と、それですよという意味《いみ》の「そよ」の掛詞《かけことば》。

力《ちから》だめし⑦ 答《こた》え 94〜95ページ

1
①カ ②オ ③エ ④ウ ⑤ア
⑥イ ⑦ケ ⑧キ ⑨ク ⑩コ

2
①イ ②ア

3
①ウ 地名《ちめい》の「逢坂《おうさか》」と、「逢《あ》ふ」の掛詞《かけことば》。
②イ 何《なん》のかいもないの「かひ《い》なし」と、「かひ《い》な（腕《うで》）」の掛詞《かけことば》。

力《ちから》だめし⑧ 答《こた》え 106〜107ページ

1
①ア ②オ ③キ ④ケ ⑤イ
⑥カ ⑦ウ ⑧コ ⑨エ ⑩ク

2
①ウ ②イ

3
①ウ 川《かわ》の流《なが》れが「われても」と、わたしたちの関係《かんけい》が「われても」の掛詞《かけことば》。
②イ 黒髪《くろかみ》が「乱《みだ》れて」と、心《こころ》が「乱《みだ》れて」の掛詞《かけことば》。

力《ちから》だめし⑨ 答《こた》え 118〜119ページ

1
①イ ②ケ ③カ ④ア ⑤コ
⑥ク ⑦キ ⑧ウ ⑨オ ⑩エ

2
①ア ②ア

3
①ア 深《ふか》く思《おも》い「入《い》る」と、山《やま》に「入《い》る」の掛詞《かけことば》。
②イとウ 「刈《か》り根《ね》の一節《ひとよ》」と「仮寝《かりね》の一夜《ひとよ》」、「澪標《みおつくし》」と「身《み》をつくし」の掛詞《かけことば》。

力《ちから》だめし⑩ 答《こた》え 130〜131ページ

1
①イ ②ア ③オ ④エ ⑤ウ
⑥コ ⑦ケ ⑧ク ⑨キ ⑩カ

2
①ウ ②ア

3
①ウ 「住《す》み初《ぞ》め」と、「墨染《すみぞめ》」の掛詞《かけことば》。
②イ 「しのぶ草《ぐさ》」と、昔《むかし》をなつかしく思《おも》う「しのぶ」の掛詞《かけことば》。

おさらいテスト 答《こた》え 132〜135ページ

1
①ウ ②エ ③オ ④ア
⑤ウ ⑥イ ⑦エ ⑧オ
⑨カ ⑩イ ⑪コ ⑫オ ⑬ウ
⑭ウ ⑮オ ⑯カ ⑰エ ⑱イ

2
それぞれ、ひらがなで書《か》いていても正解《せいかい》です。
①水くくるとは・みずくくるとは
②わが身世にふる・わがみよにふる
③とまをあらみ
④出でし月かも・いでしつきかも
⑤久方の・ひさかたの
⑥夏来にけらし・なつきにけらし

3
①ウ ②ア ③イ ④キ
⑤エ ⑥カ ⑦オ

上《かみ》の句《く》さくいん

上《かみ》の句《く》さくいんでは、和歌《わか》をすべて歴史的《れきしてき》かなづかいで示《しめ》してあります。このため、本文《ほんぶん》の表記《ひょうき》とは一部《いちぶ》ちがうものもあります。

あ

か

さ

た

下《しも》の句《く》さくいん

下《しも》の句《く》さくいんでは、和歌《わか》をすべて歴史的《れきしてき》かなづかいで示《しめ》してあります。このため、本文《ほんぶん》の表記《ひょうき》とは一部《いちぶ》ちがうものもあります。

作者《さくしゃ》さくいん

あ

か

さ

齋藤 孝（さいとう・たかし）

東京大学法学部卒業。同大学院教育学研究科博士課程を経て、明治大学文学部教授。専門は、教育学、身体論、コミュニケーション論。著書に『声に出して読みたい日本語』（草思社）、『齋藤孝の声に出しておぼえる漢字カード　小学1・2年生の全漢字 240』『齋藤孝の声に出して書いておぼえるかん字ドリル　小学1年生』『齋藤孝の声に出して書いておぼえるかん字ドリル　小学2年生』『齋藤孝の声に出しておぼえる ことわざかるた』『齋藤孝の声に出しておぼえる 四字熟語かるた』『齋藤孝の書いておぼえる語彙力アップドリル 四字熟語・ことわざ・慣用句』（幻冬舎）、『これでカンペキ！ マンガでおぼえる百人一首』（岩崎書店）、『声に出して、書いて、おぼえる！ 齋藤孝の日本語プリント 百人一首編』（小学館）『こども「学問のすすめ」』（筑摩書房）、『強くしなやかなこころを育てる！ こども孫子の兵法』（日本図書センター）など多数。NHK E テレ「にほんごであそぼ」総合指導。

イラスト	加藤のりこ・沼田健
齋藤孝キャラクターイラスト	チョッちゃん
カバー・本文デザイン	宇都木スズムシ、オバタアメンボ（ムシカゴグラフィクス）
編集協力	佐藤由美子、新保京子、原真喜夫・原徳子（スキップ）

齋藤孝の声に出して書いておぼえる百人一首ドリル

2020 年 10 月 20 日　第1刷発行

著者	齋藤 孝
発行人	見城 徹
編集人	中村晃一
編集者	渋沢 瑶

発行所	株式会社 幻冬舎 〒 151-0051　東京都渋谷区千駄ヶ谷 4-9-7
電話	03（5411）6215（編集） 03（5411）6222（営業） 振替 00120-8-767643

印刷・製本所　株式会社 光邦

検印廃止

万一、落丁乱丁のある場合は送料小社負担でお取替致します。小社宛にお送り下さい。本書の一部あるいは全部を無断で複写複製することは、法律で認められた場合を除き、著作権の侵害となります。定価はカバーに表示してあります。

©TAKASHI SAITO, GENTOSHA 2020
Printed in Japan
ISBN 978-4-344-79008-7　C6081

ホームページアドレス　https://www.gentosha-edu.co.jp/
この本に関するご意見・ご感想をメールでお寄せいただく場合は、info@gentosha-edu.co.jp まで。